FSC
www.fsc.org
MIX
Papier aus ver-
antwortungsvollen
Quellen
Paper from
responsible sources
FSC® C105338

AF402886

Ute Anwer

Rache kann auch Notwehr sein

Die Sonne brannte, obwohl es erst 6.oo Uhr morgens war schon unerbittlich auf das schmuddelige Zeltdach.
Marianne schlug langsam die Augen auf und es wurde ihr schlagartig bewusst:

Das war leider doch kein Albtraum – das war die schreckliche Wirklichkeit.

Angeekelt schaute sie sich langsam im Dämmerlicht des dunklen Zeltes um. Sie teilte dieses Schlafzelt mit 2 alten Frauen des Stammes und für 3 Personen war es wirklich nicht sehr groß.
Sie lag auf mehreren dicken grob gewebten Wolldecken, und das staubige Kissen hatte auch schon bessere Tage gesehen. Langsam erhob sie sich und spürte bei jeder Bewegung alle Körperteile sehr intensiv. Die beiden Mitbewohnerinnen hatten das Zelt schon längst verlassen und saßen unweit des Zeltes in der Nähe eines kleinen Feuers und bereiteten das Frühstück für die ganze Familie zu. Das waren immerhin 17 Personen, mit ihr gerechnet. Noch völlig zerschlagen von der unruhigen Nacht, zupfte sie an ihrer dunkelbraunen Galabiya herum. Mit einer schnellen Bewegung fuhr sie sich durch die strubbeligen Haare und griff dann entnervt zu einem dünnen schwarzen Schleier, den sie sich lose um den Kopf und die Schultern schlang.
Niemals in ihrem ganzen Leben hätte sie sich träumen lassen, einmal unter solch primitiven Bedingungen zu leben. Was sehnte sie sich nach einer Dusche, frischen Kleidern, einem sauberen Bett, einem ordentlichen Frühstück und nicht zu vergessen einem gut duftenden Parfum !

Die Wirklichkeit war aber umso erschreckender, sie ergab sich in ihr Schicksal und ging mit langsamen Schritten zu den alten Frauen hinüber, die ihr zulächelten und mit einer Handbewegung andeuteten, dass sie sich zu ihnen setzen sollte. Was würde sie für einen Kaffee in einer sauberen Tasse geben.

Die kleinere der beiden reichte ihr ein Glas mit starkem, fürchterlich süßem Tee und ein Stück Fladenbrot, das mit Honig beträufelt war.

Sie genoss trotz allem die kleine Stärkung, denn was nun kam hatte sie in den letzten Wochen zur Genüge kennengelernt.

Ein kleiner vielleicht 8-jähriger Junge, den alle Mahmoud riefen kam munter angesprungen und führte sie zu ihrer täglichen Aufgabe :

Ziegen hüten !

Er nahm sie mittlerweile nicht mehr an der Hand, sondern reichte ihr wortlos eine alte Plastikflasche gefüllt mit abgestandenem Wasser und ging dann mit raschen Kinderschritten zu den unter einem Baum in der Nähe ruhenden Ziegen.

Marianne hatte seit ihrer Ankunft vor unendlich langen 5 Wochen die Aufgabe übertragen bekommen die Ziegen zu beaufsichtigen. Das bedeutete, dass sie morgens schon sehr früh mit den Tieren, es mochten vielleicht 70 oder 80 Tiere sein, ein wenig in der näheren Umgebung herumwandern musste. Die Tiere waren immer auf der Suche nach Futter und hier im Sinai war dies nicht leicht zu finden. Und wenn dann war es meist in einer steinigen, unfreundlichen Umgebung. Marianne musste auf dem nackten Boden sitzen und die Tiere dabei nicht aus den Augen lassen.

Verzweifelt kamen ihr auch heute wieder recht schnell die Tränen, als sie alleine auf einem kleinen Steinhügel Platz genommen hatte. Sie durfte einfach nicht an ihrer Situation verzweifeln. Irgendwann würde man doch nach ihr suchen müssen. Die Kollegen, die wenigen Familienmitglieder oder Freunde die sie noch hatte – oder besser gesagt – die sie noch nicht durch ihre ruppige, mitunter sehr böse Wesensart vergrault hatte.

Irgendjemand musste sie doch vermissen. Zu Hause in Deutschland hatte sie doch oft genug im Fernsehen verfolgen

können, wie sehr sich Krisenstäbe in Berlin um vermisste deutsche Staatsangehörige bemühten.
Es wurde aber für sie bestimmt kein Lösegeld verlangt und keiner drohte ihr sie umzubringen.
Nein man hatte sie ganz einfach während ihres Urlaubes hier in dieser gottverlassenen Gegend bei dieser verflixten Beduinen-Familie vergessen.

Der Urlaub hatte doch so wunderschön begonnen:

Sie saß an einem Freitagnachmittag zu Hause und sah ihre Post durch, als ihr ein Briefumschlag mit einer ägyptischen Briefmarke aufgefallen war.
Neugierig riss sie den Umschlag auf und konnte kaum glauben als sie die Einladung dieses Hotels in Sharm-el-Sheich zu einem 10 tägigen Urlaub inklusive Flug und Vollpension mit einem Ausflugspaket las.

Sie hatte vor einigen Jahren dort schon zweimal Urlaub gemacht. Strand, tauchen und viel Sonne tanken das war ihre perfekte Urlaubswelt.
Gut in dem Hotel gab es wie überall auf der Welt immer wieder Kleinigkeiten die sie an den Rand des Verzweifelns trieben.
Aber das war ihr schon überall passiert. Man kam kaum in einem Hotel an und schon stellten sich die ersten Mängel ein.
Der Kaffee am Morgen war nicht immer stark genug, und die Milch war in anderen Ländern einfach nicht so gut wie zu Hause.
Auch hatten die meisten Urlaubsländer nur einfaches Weißbrot oder wirklich schlechte Brötchen zum Frühstück. Die Wiener Schnitzel waren in Tunesien einfach nicht so schmackhaft und auch der Cappuccino in Ägypten war nicht ideal.
In Kenia waren so erschreckend viele schwarze Menschen, denen man in der Dunkelheit kaum begegnen konnte. Alles in allem die meisten Menschen waren wirklich schwierig im Ausland. Die wunderschönen Landschaften und das angenehme Klima hatten doch diese unvollkommenen Wesen gar nicht verdient.
Wenn all diese dienstbaren Geister in den Hotels und Restaurants es doch wenigstens verstehen würden, dass man mit

ein wenig Ehrfurcht gegenüber den Touristen aufzutreten hat, aber nein immer wieder wurden einige von ihnen aufsässig.

Wie gesagt: der Umschlag enthielt eine Einladung zu einem Urlaub in Sharm-el-Sheich. Im Hotel hatte man aus Werbegründen – **so glaubte es wenigstens Marianne** - eine Verlosung von einigen Urlaubsreisen unter ehemaligen Gästen vorgenommen, und sie war eine der glücklichen Gewinner.
Es war zwar ärgerlich, dass diese Reise nur für eine Person war, aber nach Roberts plötzlichem Tod, fuhr sie nun schon zum zweiten Mal alleine in Urlaub.
Die Hotelanlage war sehr gepflegt und es waren nur wenige Minuten Fußweg zum Strand. Sie hatte bei ihren letzten Aufenthalten einige kleinere Diskussionen mit dem Personal. Aber nachdem sie ihre Stimme sehr nachhaltig im Restaurant und in der Lobby erhoben hatte, war doch alles zu ihrer Zufriedenheit geregelt worden.

Gut, der junge Kellner hatte ihr zwar einige Verwünschungen am Tag der Abreise noch direkt vor dem Bus zugerufen. Aber diese südländischen Männer hatten eben sehr viel Temperament. Sie freute sich auf jeden Fall auf diese unbeschwerten Urlaubstage, und begann nach einigen Minuten des Überlegens mit der Urlaubsplanung.

Die ersten beiden Tage waren wunderbar, das Wetter war auch im November noch sehr angenehm, es war sogar noch möglich im Meer zu baden.
Das Personal war außergewöhnlich freundlich zu ihr und sogar dieser missratene Kellner von damals – Yassir - war dieses mal von einer ausgewählten Höflichkeit und Besorgtheit um ihr Wohlergehen.

Der Manager kam persönlich zu ihr und überreichte ihr den Gutschein für das übliche Ausflugspaket:

Kairo, mit Besuch des ägyptischen Museums, die Pyramiden, die Zitadelle und nicht zu vergessen den großen Khan-el-Khalili-Basar.

Katharinen-Kloster mit frühem Aufstieg zum Mount Sinai und einer kleinen Imbiss-Pause bei einer Beduinenfamilie auf dem Rückweg .

Luxor mit dem Besuch des Tals der Könige, Deir-el-Bahari und einer Felukka- Fahrt.

Abu-Simbel sogar mit Flug von Sharm el-Sheich aus.

Das ganze Paket war eine kostspielige Angelegenheit und ihr bei früheren Besuchen einfach zu teuer gewesen.
Aber dieses Mal als Geschenk – da wollte und musste Marianne natürlich teilnehmen.
Der erste Ausflug war zum Katharinenkloster geplant.
Die kleinen Busse starteten bereits kurz vor Mitternacht, und sollten gegen 3.oo Uhr früh am Fuß des Mount Sinai ankommen.
Für den Aufstieg waren 2 Stunden geplant.

Das Fax ratterte und quietschte und störte damit die morgendliche Stille in ihrem Büro.
Bianca musste schon zu dieser frühen Morgenstunde die Jalousien ein wenig herunterlassen, die Sonne hatte auch im November in Kairo noch sehr viel Kraft.

Mit der linken Hand griff sie nach dem Fax mit der rechten Hand balancierte sie ihre Teetasse vorsichtig zu ihrem Schreibtisch.

Wofür haben wir eigentlich einen Honorarkonsul in Hurghada, wenn wir doch alle Angelegenheiten vom Roten Meer und Umgebung mitbearbeiten müssen.

Irgendeine alte Frau war beim Baden wahrscheinlich ertrunken. Gefunden hatte man die Leiche zwar noch nicht, aber ihr Badetuch war am Strand gefunden worden. Das kam eben davon wenn sich die Leute einfach mit ihren sportlichen Leistungen überschätzten.
Vor ein paar Wochen erst waren zwei ältere Russen – voll des guten Wodkas – glückselig in den Fluten versunken. Einer wurde von Haien angeknabbert durch einen Fischkutter geborgen, der Andere diente bestimmt auch anderen Fischsorten als Nahrungsergänzung.

Wem lege ich das Fax denn mal ins Fach? überlegte Bianca kurz.
Ja, dann nehme ich doch mal unseren engagiertesten Drückeberger.

Mit einer eleganten Handbewegung beförderte sie das Fax in das graue Postkörbchen.
Vor drei Jahren hatte sie ihre Traumstelle in der Deutschen Botschaft in Kairo angetreten. Immer gutes Wetter, nette Menschen und ein Büro, dass auf einer Nilinsel lag, was konnte es schöneres geben. Die Anschrift war sehr unägyptisch : Sharia Berlin 2
(Berlinstr.) dafür war aber die Umgebung typisch für einen der begehrtesten Stadtteile Kairos.
Schöne gepflegte Häuser mit kleinen Gärten, Botschaften, einige Hotels und viel Grün.

Wenn nicht so einige Kollegen wären die unangenehm durch alle Büros streunten– aber das gab es ja wohl immer und überall.

Am Nachmittag lag das erwähnte Fax dann unschuldig im Postfach einer netten Kollegin und die Arbeit nahm ihren Lauf, genau wie es sich der umverteilende Kollege gewünscht hatte.

Ein handschriftlicher Vermerk konnte natürlich die Arbeit der Kollegin erleichtern und ihre Laune deutlich verschlechtern.

Ungeklärter Todesfall, weibl. Person.
Information an die Angehörigen in Deutschland und Ortstermin im betreffenden Hotel zwecks Entgegennahme der persönlichen Habseligkeiten und Gespräch mit der zuständigen Polizeidienststelle.

Na Gott sei Dank, wusste jetzt jedermann was zu veranlassen war !

Es gibt Tage, die schon am frühen Morgen schwierig beginnen. Und dieser 1. Dezember gehörte sicherlich dazu.
Franziska stand etwas zu spät auf und stellte erst nach einer ausgiebigen Dusche fest, dass ihr Flug eine halbe Stunde früher startete.
Na wunderbar !
Nachdem sie noch schnell Brötchen aufgebacken hatte, aber leider nicht mehr zum Frühstücken kam, stürzte sie etwas planlos durch die Wohnung.
Draußen war es richtig kalt, aber sie wollte keinesfalls mit Stiefeln in Luxor ankommen. Daher entschied sie sich für normale Halbschuhe, mit dem Ergebnis, dass sie an der

Straßenbahnhaltestelle von einem Fuß auf den anderen wechselte und erbärmlich fror.

Wie so oft fiel zunächst mal eine Bahn aus und es wurde immer später und ihr Plan im Flughafensupermarkt noch Baumkuchen, Panettone und Christstollen zu kaufen, schien langsam nicht mehr möglich. Natürlich hatte sie Omar noch am Vortag per SMS angefragt, ob er Kuchen haben möchte und er hatte freudig zugestimmt.

Jetzt würde sie kleinlaut zugeben müssen, dass sie den Kuchen erst am Flughafen besorgen wollte und es dann zu spät geworden war.

Endlich kam die Bahn, welche sie schon nach einer Station verlassen musste, um in die U-Bahn für wiederum nur eine Station zu wechseln. Aber sie hatte Glück, die U-Bahn kam recht schnell und die anschließende S-Bahn zum Flughafen stand schon an der Haltestelle.

Sie hatte sogar noch Zeit den Kuchen zu besorgen und beim Einchecken erklärte der junge Mann am Schalter :

Die Maschine wird heute früh nicht voll !!

Sie wünschte sich einen Platz am Gang – und dies war ein Fehler.

Zunächst füllte sich die Maschine recht langsam und Franziska fand es auch nicht mehr schlimm auf einem der mittleren 4-er Plätze am Gang zu sitzen.

Eine nette junge Ägypterin mit ihrem vielleicht 8-9 Monate alten Sohn setzte sich auf den anderen – also den rechten Gangplatz. Auch das war noch recht nett, der Kleine lächelte freundlich und sah schon recht müde aus.

Aber dann kam ein nerviges junges Ehepaar mit einem weiteren Kind – leider erst ca. 8 Wochen alt und belegte die mittleren Plätze.

Durch die nach dem Start aufgehängten beiden Baby-Bettchen war dann auch die Beinfreiheit nicht mehr gegeben.

Der junge Vater konnte leider noch nicht unterscheiden – wann ein kleines Kind „ munter plappert „ oder wann es traurig weint, oder irgendwann nervig schreit.
Das zufrieden in seinem Bettchen plappernde Baby wurde jedes Mal von seinem unfähigen Vater mit einem Schnuller in seinem Redefluss unterbrochen und begann energisch zu schreien.
Das dauerte nahezu vier Stunden und war sehr unterhaltsam, weshalb Franziska die Kopfhörer unbenutzt zurückgab, da das entzückende Kleinkind doch etwas lauter war als der neueste Film von Will Smith.

Der besorgte Vater rammte seinen linken Ellenbogen regelmäßig alle paar Minuten in Franziskas Rippen, wenn er sich wieder erhob um den Schnuller wieder richtig zu platzieren.

Es war alles in allem ein entspannter Flug.

Die Mahlzeit einzunehmen gestaltete sich etwas schwierig, da der glückliche Vater immer dann das fast eingeschlafene Kind kontrollierte und wieder weckte wenn Franziska ihr Fleisch mit dem Messer zerkleinern wollte.
Aber endlich war die Landung in Sicht, die Babybettchen wurden eingepackt und der Vater hielt nun das schreiende Bündel im Arm. Jetzt konnte Franziska nicht mehr an sich halten:
Wenn Sie Ihrem Kind bei Start und Landung etwas zu trinken geben, bekommt es keine Ohrenschmerzen durch den Druckunterschied.

Seine Antwort war aber durchaus logisch:

Es bekommt aber erst in 2 Stunden wieder etwas zu trinken.

Gott sei Dank, war die Maschine gut gelandet, als die ersten Passagiere schon hysterisch die Gepäckfächer öffneten. Der junge Vater bat die Stewardess ihm hierbei behilflich zu sein, da er ja seine Tochter halten müsste. *Wozu war eigentlich die Mutter dieses Kindes mitgeflogen ?*

Hilfsbereit öffnete die Stewardess das Fach über Franziskas Kopf. Irgendein etwas weiter hinten sitzender Passagier hatte seine Lederjacke ebenfalls in dieses Fach gestopft.
Beim Herausnehmen der Lederjacke geschah es dann. Dieser Esel hatte doch mehrere große Tafeln Schokolade (sie war erstaunlich gut gekühlt und sehr stabil) sowie einige Getränkedosen in seine Jacke gewickelt. Wie ein sanfter Konfettiregen purzelten die Schokolade und die Dosen auf Franziskas Kopf.

Die Stewardess war vollkommen erschrocken und Franziska hielt sich vor Schreck die Hand an die Stirn.

„ Welcome to Luxor „ war die sonore Stimme des Kapitäns zu hören.

Nach den üblichen Formalitäten : Geld wechseln, Visum bezahlen, erreichte Franziska als eine der ersten aus ihrer Maschine die Passkotrolle, doch der Bankbeamte hatte das Visum zwar berechnet aber ihr nicht ausgehändigt. Leicht entnervt schob sie sich durch die Menge wieder zurück an den Bankschalter. Der Beamte war völlig verblüfft, er hatte den Visumaufkleber zwischen die eingewechselten Pfundscheine gelegt.
Franziska war dies nicht aufgefallen, da sie das Geld zusammengelegt in ihrer Brieftasche verstaut hatte.

Mittlerweile war die Schlange vor der Passkontrolle wesentlich länger, da nun auch noch die Passagiere einer Maschine aus Rom sich dazugesellt hatten.
Nach einer gefühlten Ewigkeit war sie wiederum am Schalter angekommen und der Beamte konnte endlich den ersehnten Aufkleber im Pass platzieren.

Beim Verlassen des Flughafengebäudes brach die Dunkelheit über Luxor innerhalb weniger Minuten herein. Unter der großen wartenden Menschenmenge suchte sie aufgeregt nach Omar.

Er stand am Ende der Menschenmasse. In seinem blau/beige karierten Hemd und der Jeans sah er verflixt gut aus.
Sie bemerkte die bewundernden und auch einige neidische Blicke von gerade ankommenden Touristinnen, dass dieser interessante Mann leider schon vergeben schien.

Hallo Franziska, ich dachte schon Du hättest den Flug nicht erreicht, oder man hätte Dich beim Schmuggeln erwischt – hierbei nahm er sie liebevoll in den Arm und küsste sie ganz schnell, obwohl das in Ägypten nicht üblich ist, auf den Mund.

Es war heute alles etwas kompliziert bei mir, aber jetzt bin ich doch gut angekommen !

Mit einer Hand ergriff er ihren Koffer und mit der anderen ihre Hand und zog sie zu einem abseits geparkten Taxi.
Im Wagen reichte er ihr ein kleines Lunchpaket und eine kleine Flasche gut gekühltes Baraka. (ihr Lieblingsmineralwasser)

Jetzt können wir nach Assuan starten. Ich hoffe Du bist nicht so müde.

Franziska trank zunächst einmal einen großen Schluck Wasser und berichtete dann, dass Vicky am Donnerstag mit einer Reisegruppe bestehend aus Mitgliedern der Polizeigewerkschaft nach Kairo kommen würde.

Die Gruppe bleibt 2 Wochen in Ägypten und besucht irgendwelche Polizeiorganisationen – wahrscheinlich damit dies als Bildungsurlaub anerkannt wird – aber es bleibt garantiert jede Menge Freizeit für Besichtigungen und Ausflüge und die üblichen touristischen Unternehmungen übrig.

*Danach hat sie noch 2 Wochen Urlaub und besucht uns in
Assuan.*

*Aber jetzt sag mir: Wie sieht denn der Garten aus.? Sind die
Jasminbüsche gewachsen, und kam mein Bücherpaket gut an ?
Teuer genug war Fed-Ex ja, eigentlich müsste die Auslieferung
direkt luxuriös verlaufen sein.*

*Ja, Deine Bücher sind gut angekommen und der Garten wird
immer schöner. Ich muss sagen, Tamer ist ein hilfsbereiter
Nachbar. Wenn wir nicht hier sind, kümmert er sich regelmäßig
um unsere Pflanzen.*
*Er hat mir dieses Mal sogar Getränke, Brot und Käse und etwas
Obst in den Kühlschrank gestellt.*

*Ich habe für ihn und seine Frau ein paar Kleinigkeiten aus
Frankfurt mitgebracht,* murmelte Franziska während sie in ihr
Chicken-Sandwich biss.

*Weißt Du, dass wir unseren 1. Hochzeitstag in Assuan feiern
werden ?* fragte Omar als er ihr freie Hand zärtlich in seine
nahm.
*Hättest Du Dir vor 2 Jahren vorstellen können, dass Du heute
verheiratet bist und wir zusammen in unsere fast eingerichtete
Wohnung in Assuan fahren würden ?* ,hierbei schaute er sie
fragend an.

*Nein, aber hättest Du Dir vorstellen können, dass Du innerhalb
von etwas mehr als einundeinhalb Jahren eine komplette
Familie hast ?*

*Niemals, als überzeugter Junggeselle konnte ich es mir nicht
vorstellen, aber wenn man die richtige Frau trifft, muss man sie
einfach festhalten.* Er legte den Arm um ihre Schulter und zog
sie ein wenig an sich.

Der Taxifahrer schaute ein wenig befremdet in den Rückspiegel, aber die Tatsache, dass er eine gutbezahlte weite Fahrt vor sich hatte, ließ ihn einiges übersehen .

Omar berichtete noch die letzten Neuigkeiten vom Fortgang der Wohnungseinrichtung, denn er war schließlich schon seit 2 Wochen wieder in Assuan.
Durch das monotone Motorengeräusch war Franziska nach einer guten Stunde Fahrtzeit an Omars Schulter eingeschlafen.

Das leichte Rütteln an ihrer Schulter weckte sie ungnädig auf. Sie waren angekommen.

Omar hatte im letzten Jahr diese Wohnung gefunden. Sie lag auf der Westseite des Nils in einem neu erbauten Stadtteil Assuans, im Erdgeschoss und hatte zu ihrer alleinigen Verfügung einen ca. 300 qm großen Garten, der von einer Terrasse aus einen malerischen Blick auf den Nil und noch besser auf die Kitchener Insel bot.
Sie hatten vier gut geschnittene Zimmer, eine große Wohnküche und ein größeres sowie ein kleines Badezimmer.
Die darüberliegende Wohnung hatte ein nettes Ehepaar gekauft und sie hatten im Ausgleich auf der Rückseite des Hauses einen kleineren Garten zur Verfügung. Dort blickten sie zwar in Richtung Wüste aber der Garten war inzwischen so geschickt angelegt, dass die zwar spärliche Bepflanzung sich aber sehr gut der übrigen Landschaft anpasste. Es wirkte wie eine kleine Oase inmitten einer großen Wüstenlandschaft.

Tamer und seine Frau Ouarda waren wirklich angenehme und hilfsbereite Nachbarn.
Ouarda – bedeutet: die Rose – versorgte sie sehr oft mit Kostproben ihrer Kochkunst und Franziska revanchierte sich in dem sie manchmal typisch deutsche Gerichte für alle kochte.
Franziska war keine besonders geschickte Köchin, aber sie hatte so ihre Lieblingsspeisen die ihr wirklich im Laufe der Jahre gut von der Hand gingen.

Im Winter war das ihre Weihnachtsgans : gefüllt mit Orangen und Äpfeln dazu gab es Rotkraut und selbst gemachte Klöße (aber nur weil es in Assuan keine Fertigpackungen gab). Ersatzweise gab es auch schon mal Ente – aber auch Gulasch und die in Ägypten völlig unbekannten Rouladen.
Da in Ägypten sehr wenig oder fast gar kein Senf gegessen wird kam niemand hinter ihr Würzgeheimnis und sie verriet es auch nicht.

Omar lachte jedes Mal über diese Geheimniskrämerei, aber er ließ ihr diesen Spaß und verriet ihren Freundinnen keinesfalls diese Zutat.

Franziska nahm als erstes eine erfrischende Dusche während Omar ihren Koffer ausräumte und die Kleidung auf dem Bett stapelte. Als sie in ihrer neuen dunkelblauen Galabiya aus dem Bad kam, hielt er ihr schon eine Tasse mit Kaffee entgegen und öffnete die Terrassentür, um ihr den Garten zu präsentieren.

Oh, ich hätte nie gedacht, dass der Jasmin so stark duften kann, konnte sich Franziska kaum beruhigen. Sie zogen sich zwei Gartensessel heran und genossen den leichten Abendwind.
Als das Telefon läutete, fiel ihr schlagartig ein, dass sie vergessen hatte Victoria eine SMS zu senden, dass sie gut angekommen war.
Omar war schon zum Telefon im Flur geeilt und sie hörte vom Wohnzimmer her sein Lachen.

Du kennst doch Deine Mutter Vicky, es gab jede Menge nervige kleine Zwischenfälle, aber sie ist gut angekommen und sitzt frisch geduscht auf der Terrasse. Warte ich bringe ihr das Telefon. Ich freue mich, wenn Du nach Deiner hoffentlich nicht so anstrengenden Reisegruppe zu uns kommst .Dann genießen wir unsere Ferien gemeinsam hier bis wir wieder ins kalte Frankfurt müssen. Ich wünsche Dir jetzt schon mal einen guten

Flug und denk dran, sollte es irgendwelche Fragen oder Probleme geben, ruf mich einfach an.

Er reichte Franziska den Hörer, die kleinlaut ihre jüngste Tochter begrüßte.

Hallo und Entschuldigung Kleines, wie geht es Dir denn so kurz vor Deiner Männer-Reisegruppe?

Glaub mir, am Anfang sind die alle bärenstark aber wenn die erst mal in der Maschine sind, werden die ersten schon kleinlauter. Und spätestens wenn die in Kairo gelandet sind, sind die ganz brav und fragen Dich für alles und jedes um Rat.

Und wenn die erst mal mit Dir zusammen eine der befahrenen Innenstadtstraßen überquert haben und lebend auf der anderen Seite angekommen sind, werden sie Dir aus der Hand futtern.

Das Lachen von Vicky war sogar für Omar noch zu hören.

Ich werde am besten gleich nach der Ankunft im Hotel einen kleinen Stadtbummel vorschlagen, dann komme ich mir am Ende vor wie eine Kindergartentante mit ihrer Gruppe auf dem Weg zum Zoo.

Aber danke für diesen Tipp, und sag auch Omar noch mal danke für sein Angebot mir notfalls behilflich zu sein.

Die Planung für die Pflichtbesuche steht schon fest, und einige Fakultativ-Ausflüge habe ich schon geplant. Ich kenne die Gruppe und die Interessen nicht, entweder wollen die das Standart-Programm:

Ägyptisches Museum, Zitadelle, Koptisches Museum, Pyramiden, Sakkara, und Nilfahrt evtl. noch das Pharaonische Dorf oder aber es reicht denen wenn sie die Pyramiden, das Museum und die Nilfahrt am Abend haben und den Rest mit Einkaufen verbringen können.

Und natürlich ein Besuch in einem Club mit einer „ Wahnsinns-Tänzerin".

Und wer mich nervt, der wird von mir zum Essen in einem „sehr rustikalen" Restaurant eingeladen und dann bekommt er Salat und lauter schwer verträgliche Speisen. Der ist dann ruhig gestellt für die nächsten 2-3 Tage.

Kann es sein, dass ich ein wenig gemein bin? – von wem habe ich das bloß ??

Von mir bestimmt nicht !!!! bemühte sich Franziska ernsthaft vorzubringen.

Ach, bevor ich es vergesse Mama, eine Schwester Deiner Kollegin rief heute früh im Reisebüro an und bat mich um Hilfe bei der Suche nach Marianne.
Ich habe versprochen mich von Kairo aus mit dem Hotel in Sharm-el-Sheich in Verbindung zu setzen, ob dort irgend etwas über den Verbleib in Erfahrung zu bringen ist..

Hast Du etwas von Yassir gehört, ob sie noch immer bei der Beduinen-Familie ist, oder ob sie den Heimweg zu Fuß angetreten hat? Was ich ihr aber nicht raten würde.

Nein, Yassir hat sich noch nicht gemeldet und ich denke das ist auch besser so !

Wir werden sehen, was sich ereignet- vielleicht wird es ja nur ein langer, interessanter, naturverbundener Erlebnis-Urlaub für sie werden .

Aber vielleicht wissen wir beide schon mehr, wenn ich demnächst auf Eurer Terrasse sitze und hoffentlich von Euch wie eine Prinzessin verwöhnt werde.

*So, jetzt genieße die nächsten Tage und ich melde mich, wenn ich
etwas Zeit habe.
Ciao macht´s gut.*

Mit einem leisen Klick war das Gespräch beendet. Franziska
nahm einen großen Schluck des inzwischen kalt gewordenen
Kaffees und schloss die Augen. Nein sie möchte jetzt eigentlich
nicht an Frankfurt und an die unangenehmen,
nervenaufreibenden letzten Wochen denken.

Jetzt lag erst einmal eine erholsame, wunderschöne Zeit mit dem
Mann, den sie sich schon immer erträumt hatte vor ihr.
Manchmal konnte sie es noch immer nicht glauben, in ihrem
Alter endlich die große Liebe gefunden zu haben.

Ihre Träumereien wurden vom Klopfen an der Wohnungstür
unterbrochen,
Ouarda stand mit einem großen Tablett vor der Tür, sie hatte für
Franziskas Ankunft leckere Kleinigkeiten vorbereitet. Sie selbst
war noch nie in ihrem Leben aus Oberägypten herausgekommen
und stellte sich vor, dass Franziska nach dieser langen Reise
doch viel zu müde zum kochen sein müsste.
Die Portion war so reichhaltig, dass Omar nach oben eilte und
Tamer herunterbat. So saßen sie zu viert im Garten und hatten
alle Mühe das Tablett zu leeren. Omar und Tamer brachten nach
dem Essen den Tee und sie probierten von den mitgebrachten
Kuchen. Franziska hatte langsam ihre Zweifel wie lange die
neue Galabiya noch so locker sitzen würde, wenn sie jeden Tag
solche Futterorgien veranstalten würden.
Aber die ägyptische Küche war nicht unbedingt für ihre
Kalorienarmut bekannt.
Die Moskitolampe mit ihrem blauen Licht, vernichtete
regelmäßig mit einem leichten Knacken ein weiteres Stechtier
und Franziska war glücklich, dass ein Quälgeist weniger um sie
herumkreiste.
Omar war immer weit weniger verstochen als sie, und er konnte
nicht verstehen, warum alle Plagegeister um ihn einen großen
Bogen machten.

Nach dem üppigen Abendessen verabschiedeten sich die Nachbarn mit dem Versprechen Franziska morgen am späten Vormittag zum Einkaufen abzuholen.

In der nun herrschenden Stille hörte man nur das Rauschen der Blätter im Garten und Franziska hatte große Mühe nicht im Gartenstuhl einzuschlafen. Langsam erhob sie sich mit einem kläglichen Blick zu Omar, der nichts anderes heißen sollte als : *Möchtest Du nicht den Tisch abräumen und die Terrassentür schließen?.*

Omar lachte leise und schlug vor, dass er während sie schon ins Bad ging ein wenig aufräumen wolle.

Genau das war es was sie an ihm mochte, er konnte ihre Gedanken meist ahnen und war dann aufmerksam   und hilfsbereit.

Auf dem Weg zum Bad wanderten ihre Gedanken kurz nach Frankfurt.

Es war ein teurer Spaß gewesen, das Ticket und den Hotelaufenthalt für eine Woche Sharm-el-Sheich zu bezahlen. Aber ihre Ruhe und ein entspanntes Arbeiten für den letzten aktiven Teil ihrer Altersteilzeit waren wichtiger. Warum gab es nur immer wieder Menschen, die ihre Unzufriedenheit mit dem Alltag und ihrem Leben an anderen ausleben mussten.

Sicherlich Franziska hätte sich wehren können, aber es gab nun einmal einen Typ Mensch dem sie sich einfach nicht gewachsen fühlte.

Es konnte aber eine kurzfristige Lösung darstellen, eine räumliche Distanz zwischen sich und dieser Person zu schaffen. Sicherlich würde kein Wunder geschehen und ihre Lieblingsfeindin käme geläutert aus diesem unverhofften „längeren „ Urlaub zurück !

Nein, heute Abend wollte sie keinesfalls an Marianne Schäfer
und die täglichen Differenzen denken. Aber die Gedanken gingen
nun mal ihre eigenen Wege.

Es war ein Zufall gewesen, dass sie Yassir damals im
Krankenhaus in Luxor vor dem Aufzug getroffen hatte. Sie
kurierte dort die Folgen ihrer Kopfverletzung, die man ihr im Tal
der Könige beigebracht hatte, aus.
Yassir war als Kellner auf dem Schiff tätig mit dem sie und
Vicky eine Nilkreuzfahrt unternommen hatten.
Sie waren in ein Gespräch gekommen und hatten die Adressen
getauscht, da sein älterer Bruder in der Nähe Frankfurts lebte.
Yassir war normalerweise in einem Hotel in Sharm-el-Sheich
angestellt.
Da aber seine Frau das erste Kind erwartete, hatte er für 3
Monate auf dem Schiff angeheuert. So konnte er alle paar Tage,
immer wenn das Schiff in Luxor anlegte, die Nacht zu Hause
verbringen.
Er sprach einige Worte deutsch und war von seiner
Aushilfsarbeit auf dem Schiff begeistert.

*Die Touristen sind auf dem Schiff viel netter als die Touristen
die wir in Sharm-el-Sheich haben, erklärte er damals lachend.*

Und im Gespräch erwähnte er seinen in Deutschland lebenden
Bruder und sein Verhältnis zu deutschen Touristen.

*Normalerweise sind die deutschen Touristen eigentlich schnell
zufrieden zustellen. Sie erwarten immer alles pünktlich und
schnell, sind aber meist freundlich und geben auch gerne
Trinkgeld.
Aber überall gibt es merkwürdige und unhöfliche, meckernde
Gäste.*

*Wir kennen im Hotel in Sharm-el Sheich eine alte Frau aus
Frankfurt, sie kommt jedes Jahr im September mit ihrer
Freundin zum Tauchen und Schwimmen. Die unternehmen*

nichts außer Essen, Strand, Tauchen, Schwimmen, Essen, Strand, Essen.
Und wenn bei ihr etwas nicht perfekt ist, schreit sie nur herum und meckert, sie ist mit allem unzufrieden.
Letztes Jahr hatte sie irgendetwas gegessen oder getrunken und nicht vertragen. Statt die Medikamente von unserem Hotelarzt zu nehmen, jammerte sie lieber den ganzen Tag herum bis es ihr schließlich so schlecht ging, dass unser Arzt ihr unbedingt eine Infusion geben wollte um den Flüssigkeitsverlust auszugleichen.
Aber dann war das Geschrei noch größer :

„ in diesem unsauberen Land, von unfähigen Ärzten lasse sie sich doch nicht noch umbringen", schließlich war sie aber doch mit einer Spritze einverstanden.
Aber sie flog dann eine Woche früher wieder nach Hause und das ganze Hotel war froh.
Unser Manager kam und ließ für die Belegschaft, die unter ihr leiden musste, 3 große Kuchen kommen.

Franziska musste trotz ihrer Kopfschmerzen lachen und erinnerte sich an ihre Kollegin „Marianne„ , Ich habe eine Kollegin, die genau auf diese Beschreibung passt.
Sie ist Ende 50 – eigentlich sehr sportlich – aber von einer chronischen gesundheitlichen Angeschlagenheit und Unzufriedenheit befallen. Sie kann nicht einen Tag verbringen ohne über einen Kollegen, Nachbarn, Prominenten aus der Zeitung, egal wen auch immer abfällig zu sprechen.
Nur ihre Meinung ist die Richtige. Ausländer besonders südländische Typen sind sowieso das allerletzte, und das wichtigste – sie ist UNFEHLBAR.
Auch sie fährt gerne nach Ägypten. Sie unternimmt allerdings keine Ausflüge, sie bleibt immer nur in der Hotelanlage oder am Strand.

„ Nanni" ,ist zeitweise ein richtiges Ekel.

Wie heißt diese Dame nochmals ?,fragte Yassir.
Nanni – oder besser Marianne – Marianne Schäfer , warum ?

Ja, und damit begann alles damals.
Es war tatsächlich Franziskas Kollegin aus Frankfurt.

Wie klein die Welt doch ist. Da muss man in Luxor in einem
Krankenhaus vor dem Aufzug stehen und einen Kellner treffen
der gerade Vater geworden ist. Und man stellt dann fest, dass
auch er unter der gleichen Person leiden muss, wie sie im Alltag
im Büro.

Nanni, diese Frau schaffte es den normalen Büroalltag sehr oft
in ein endloses Martyrium zu verwandeln. Franziska ging
morgens schon mit Magenschmerzen aus dem Haus, und in den
letzten Monaten waren noch nervöse Herzbeschwerden und
Angstzustände hinzu gekommen.

Nach dem beglückenden, für alle anderen plötzlichen Tod ihres
früheren Kollegen Robert, war es einige Monate sehr angenehm
in ihrem Einzelzimmer gewesen. Doch dann kam der Umzug und
die neuen Räume wurden aufgeteilt. Franziska hatte das Pech
mit Marianne in einem Zimmer zu sitzen.
Schon in den ersten Tagen stellte sich heraus wie dominant
Marianne sein konnte.
Das ganze Zimmer wurde von ihr mit ihrer „ Privatdeko" in
Beschlag belegt. Überall waren Teddybären zu finden, in den
Regalen, zwischen den Akten, auf dem Fensterbrett. Aber nicht
nur Teddybären und pflegeleichte Plastikblumen, nein auch
hässliche Keramikdrachen in düsterem dunkelgrün, und uraltes
Blümchenkaffeegeschirr wurden überall dekorativ verteilt.

Bunte Fächer und überall lauter kleine Nippesgegenstände
standen und lagen herum.
Auch Franziskas Zimmerseite wurde mit dieser schrecklichen
Deko überhäuft. Franziska hatte nur auf dem eigenen
Schreibtisch ein wenig Platz für 2 Lucky Bamboos und ein Foto
von Omar und ihren Töchtern.
Im Wandschrank waren ein komplettes Ess-Service und jede Art
von Gläsern verstaut. Marianne war für alle Fälle gerüstet.
Das schlimmste für Franziska war, dass jeder Besucher, der
dieses Zimmer betrat unwillkürlich dachte, auch sie würde in
einer Teddybären - Kitschwelt leben.

Jegliche Arbeit von ihr wurde durch Marianne kritisiert, egal ob
nun wirklich ein Fehler vorlag oder nicht. Marianne warf ihr vor,
keinerlei Interesse an der Arbeit zu haben und jede Menge
Rückstände zu produzieren. Dies entsprach zwar nicht den
Tatsachen, aber dieser nervige Kleinkrieg zermürbte sie von Tag
zu Tag mehr. Sie konnte und wollte sich auch nicht immer bei
Omar beschweren – aber die Zeit bis zur Rente bzw. dem Teil der
Altersteilzeit, den sie zu Hause verbringen konnte rückte nach
jeder Diskussion mit Marianne in unerreichbare Ferne.

Bei einem Einkaufsbummel mit Vicky und anschließender
ausgiebiger Kaffeepause kam ihnen beiden die Idee :

Marianne musste für einige Wochen verschwinden.

Aber wie erreichte man dies ? Was zunächst als Schnapsidee
begann, entwickelte sich innerhalb einer Stunde zu einem völlig
verrückten Plan.

Vicky arbeitete ja in einem Reisebüro und musste die logistische
Arbeit leisten. Franziska finanzierte das ganze Unternehmen.

.

Vicky informierte sich über die günstigsten Reisetermine und
übernahm den Versand der Unterlagen mit Anschreiben an
Marianne.

Und in Sharm el Sheich wartete im Hotel bereits Yassir auf seine Lieblingstouristin.
Er würde dafür sorgen, dass dieser Urlaub zu einem unvergesslichen Erlebnis für Marianne Schäfer werden würde.

Der erste Morgen in Assuan begann mit viel Sonnenschein und einem ausgiebigen Frühstück auf der Terrasse.
Omar und Franziska wollten die ersten Tage einige Einkäufe für den noch nicht ganz angelegten Garten unternehmen. Auch für die Wohnung war sicherlich noch einiges zu besorgen.
Schon um 9:oo Uhr nahmen sie die Fähre um in den frühen Morgenstunden, den Gärtner und die kleine Schreinerwerkstatt in der Nähe des Bahnhofs aufzusuchen. Franziska wünschte sich ein paar Hibiscussträucher und Omar wollte eine kleine Kräuterecke im Schatten der immerhin schon mittelgroßen Palmen anlegen.
Die kleineren Pflanzen nahmen sie gleich mit. Nach einem Fußmarsch von fast zwanzig Minuten erreichten sie die Schreinerwerkstatt. Hier bestellten sie noch einige Regale für die Küche und einen schmalen Einbauschrank für das Schlafzimmer. Der Schreiner versprach in den nächsten Tagen zur Montage vorbeizukommen, wobei Omar ihm nochmals eindringlich erklärte, dass sie nur wenige Tage hier in Assuan verbringen würden und der Termin unbedingt eingehalten werden müsse.
Das für Ägypten üblich „ bokra „ – „Morgen" oder besser evtl. Morgen durfte nicht wörtlich genommen werden.

Jetzt hatten sie sich einen Tee verdient und beladen mit ihren Kräuterpflänzchen und einigen Lebensmitteltüten landeten sie in einem der zahlreichen Straßencafes.

Omar sah etwas entnervt auf die ganzen Tüten und beschloss keinesfalls wieder den etwas beschwerlicheren Heimweg mit der Fähre zu wählen.

Wir nehmen aber lieber eine Taxe mit unserem zahlreichen Gepäck. Dann können wir auch noch ausreichend Getränke besorgen.

Das ist eine hervorragende Idee, aber ich fände es noch viel wundervoller, wenn wir hier noch eine Kleinigkeit essen würden. Dann koche ich heute Abend auch so viel, dass wir Deinen Freund Ashraf mit seiner Frau einladen können.

Während sie noch auf ihr bestelltes Essen warteten, trat ein schüchterner, vielleicht 10 jähriger Junge auf Omar zu. In der rechten Hand hielt er ein großes Stück Pappkarton und in der linken eine Kiste mit Schuhputz-Utensilien. Omar warf einen kurzen Blick auf seine Schuhe, dann nickte er dem Jungen aufmunternd zu. Er reichte ihm seine Schuhe und stellte für die Dauer des Essens seine Füße auf den Pappkarton.

Es ist doch schade, dass ein kleiner Junge in seinem Alter um diese Uhrzeit nicht in der Schule sitzt und lernt – oder mit seinen Freunden die Lehrer nervt, bemerkte Omar nachdenklich.

Das war der Moment, in dem Franziska einen Entschluss fasste – wenn sie endlich ihre Rente erreicht hatte, wollte sie 2-3 mal in der Woche für Kinder aus der Umgebung, die aus welchen Gründen auch immer keine Schule besuchten, ein wenig Deutschunterricht geben.

Dann waren diese Kinder wenigstens in der Lage mit deutschsprachigen Touristen zu arbeiten.
Ihre pädagogischen Fähigkeiten waren sicherlich stark eingeschränkt, aber wenn sie es geschafft hatte, ihren eigenen Kindern sprechen beizubringen, warum sollte es denn mit diesen Kindern nicht funktionieren.

Und wenn sie sich einfachste Schulbücher aus Deutschland mitbrachte, müsste es doch möglich sein, diesen Kindern auch halbwegs lesen und schreiben beizubringen.
So würde sie eine sinnvolle Aufgabe haben – und der Kontakt mit den Kindern konnte ihre eigenen Arabischkenntnisse nur verbessern.

Yassir saß mit seinen Kollegen in einem engen Aufenthaltsraum neben der Hotelküche und versuchte gerade mit vollem Mund die Neuigkeiten über den verschwundenen Hotelgast zu verkünden.
Sie hat noch an einem Ausflug zum Katharinen- kloster und dem Mount Sinai teilgenommen .Am Abend nach der Rückkehr wollte sie anscheinend noch mal an den Strand. Man hat ihr großes Strandtuch gefunden, aber von ihr fehlt jede Spur. Die Polizei vermutet, dass sie nochmals schwimmen gehen wollte und dann ihre Kräfte überschätzt hat und ertrunken ist.
Morgen kommt einer von der deutschen Botschaft und regelt dass mit den Papieren, und nimmt dann all ihre Sachen mit. Die werden dann nach Deutschland geschickt.
Und der Manager ist supersauer, weil das ja keine gute Werbung für unser Hotel ist.

Die anderen Kellner und Mitarbeiter der Küche hörten alle interessiert zu. Sie hatten seit Bestehen des Hotels, und das waren immerhin 16 Jahre, nur einen Todesfall hier im Haus gehabt. Ein älterer Engländer hatte nach einem ganzen Tag in der brennenden Augustsonne am Abend in seinem Zimmer einen Herzinfarkt erlitten und war erst am nächsten Morgen von den Zimmermädchen gefunden worden.
Aber dass ein Gast beim nächtlichen Baden ertrunken war, kam auch in einem Urlaubsort wie Sharm-el-Sheich nicht jeden Tag vor.

Einige der Kellner sowie das Zimmermädchen konnten sich genau an die „ ewig meckernde“ Touristin erinnern. Und es war kein Wort des Bedauerns für die wahrscheinlich ertrunkene Frau zu hören.
Einzig erschreckend war für alle die Tatsache, dass die Touristenpolizei nun für einige Tage im Hotel Ein - und Ausgehen würde. Die Touristenpolizisten waren bekannt dafür, dass sie nicht gerade zimperlich bei den Befragungen mit dem ägyptischen Personal umgingen.

Al hamdu elah - hat bisher alles so gut geklappt, flüsterte Yassir leise vor sich hin.
Wenn morgen noch alle Sachen von ihr abgeholt werden und die Polizei erklärt, dass sie wohl ertrunken ist, dann wird sie noch lange im Sinai die wunderschöne Natur genießen können.
Langsam erhob er sich und folgte seinen Kollegen zu dem kleinen Gebetsraum, der als Anbau hinter der Küche für alle Kollegen schnell erreichbar war.
Er überlegte noch ob er Franziska eine schnelle SMS schicken sollte, überlegte es sich aber anders. Es durfte keine Spur von ihm zu Franziska führen, schon für seine eigene Sicherheit war dies wohl besser.

In der deutschen Botschaft herrschte wie immer aufgeregte Geschäftigkeit. Niemand wollte den unangenehmen Weg mit dem Dienstfahrzeug in den Sinai antreten. Aufgrund der massiven Einsparungsmaßnahmen, war es nur in außergewöhnlichen Situationen erlaubt, einen Inlandsflug zu buchen. Und dies war eine alltägliche Situation. Eine ältere deutsche Urlauberin hatte sich wohl im Hochgefühl des Urlaubs, wahrscheinlich noch leicht angetrunken, am späten Abend zum Strand begeben, um noch eine Weile zu schwimmen. Die ermittelnden Behörden gingen davon aus, dass sie ihre Kräfte wahrscheinlich überschätzte und auf dem Rückweg ertrank. Eine Leiche war noch nicht gefunden worden, aber das konnte im

Laufe der nächsten Tage noch passieren. Es war allerdings auch möglich, dass die Leiche aufs offene Meer getrieben wurde und dort von Schiffsschrauben zerfetzt oder auch von Haien angeknabbert wurde.
Es war auf jeden Fall eine unangenehme Aufgabe, der kein Mitarbeiter gerne nachkam.
Es kamen vier Mitarbeiter in Frage, von denen die beiden Herren gleich erklärt hatten, sie hätten Familie und wären mit den Reisevorbereitungen für den Weihnachtsurlaub nach Deutschland beschäftigt.
Eine jüngere Kollegin wollte auf keinen Fall alleine mit dem unfreundlichen Fahrer die ganze Strecke alleine verbringen. Somit fiel das Los auf die dienstälteste Kollegin, die sich ergeben in ihr Schicksal fügte.

Ich werde aber in einem anderen Hotel ein Zimmer beziehen. Keinesfalls möchte ich den Abend mit dem jammernden Hotelmanager verbringen. Und ich werde in keiner billigen Absteige ein Zimmer beziehen. Wohin ihr diesen unfreundlichen Fahrer steckt ist mir egal. Es reicht mir schon die ganze Strecke mich mit ihm unterhalten zu müssen. Sein Gejammer über dieses Klima hier und die wunderbaren Zeiten die er in der Botschaft in der Schweiz verbringen konnte.
Aber dafür möchte ich die nächsten 2 Wochenenden von den Bereitschaftsdiensten ausgenommen werden.

Ihre Vorgesetzte stimmte dem dankbar zu, es würden ja wohl nicht jedes Wochenende dringende Fälle sein, und wenn ja, dann waren die meisten gut vom Kairoer Büro aus zu erledigen.

Komm dann mach doch heute früher Schluß, dann könnt ihr morgen schon ganz früh starten, schlug die Abteilungsleiterin vor.

Omar war schon zum Beten in die Moschee gefahren und Franziska saß die Seele baumeln lassend auf der Terrasse als das Handy sie aus ihren Träumereien riss.

Hallo Franziska, wie geht es Dir ? Es tut mir leid, Dich in Deinem Urlaub zu stören : Aber Du bist doch in der Nähe und kannst auch arabisch. Wir haben noch immer keine genauen Auskünfte über Marianne erhalten.
Ihre Schwester hat zwar schon mehrmals mit der deutschen Botschaft telefoniert, aber die haben keine neuen Auskünfte gegeben.
Der letzte Stand ist noch immer : sie ist nach einem Ausflug am späten   Abend noch einmal schwimmen gegangen und kam nicht mehr zurück. man fand am nächsten Morgen nur ihr großes Strandtuch.

Franziska versuchte erst mal wach zu werden, und trank einen großen Schluck kalte Fanta.

Hallo Leah, wie geht's Euch denn so, tut mir leid, dass ich so zeitverzögert reagiere, aber ich sitze auf der Terrasse und war fast eingeschlafen.
Kannst du mir sagen in welchem Hotel sie gewohnt hat, denn wenn ich bei der Botschaft anrufe, geben die mir doch sicherlich keine Auskünfte.
Ich werde einfach mal dumm da anrufen und sie verlangen, mal sehen was die sagen.
Wenn sie wirklich ertrunken sein sollte, wäre das ja schrecklich. Aber sie ist doch eine so gute Schwimmerin, das kann ich kaum glauben.

Das Hotel heißt: Zouara oder so ähnlich, sagte mir der Schwager am Telefon. Ich hoffe Du kannst was erfahren.

Franziska wartete einen kleinen Moment als würde sie sich das Hotel notieren. *OK, hab ich notiert, ich versuchs mal und gebe Dir bzw. Euch sofort Bescheid wenn ich was gehört habe.*

Na super, jetzt musste sie sogar noch im Hotel anrufen und die besorgte Kollegin spielen, das gefiel ihr überhaupt nicht.
Aber unangenehme Dinge erledigt man am besten gleich, dann liegen sie schneller hinter einem und man verdirbt sich nicht den ganzen Tag.
Immer noch etwas müde erhob sie sich und holte die Adresse und Telefonnummer aus Ihrer Handtasche im Schlafzimmer.

Nach einem kurzen Telefonat mit dem Manager des Hotels, der ihr sehr höflich, doch bestimmt die Telefonnummer der zuständigen Polizeibehörde gab, rief Franziska in Frankfurt an.

Hallo Leah, ich habe mit dem Hotelmanager gesprochen, der mir aber auch nicht viel sagen konnte. Er wiederholte nur die Vermutung, dass Marianne sich zu weit rausgewagt hatte und nicht mehr die Kraft hatte wieder zurück zu schwimmen. Er gab mir die Nummer der Polizeibehörde.

Ich kann dir gerne die Nummer geben, aber ich denke nicht dass Du oder auch ihre Schwester dort nähere Auskünfte erhalten werdet.
Telefonisch geben die keine Auskünfte sagten sie mir. Und wenn ihr anrufen wollt, sucht jemanden der arabisch kann. Das einzige was der Hotelmanager an Neuigkeiten berichten konnte war, dass morgen ein Mitarbeiter der Deutschen Botschaft zum Hotel kommt und ihre persönlichen Sachen abholt und die nötigen Papiere mit der Touristenpolizei abklärt.
Vielleicht solltet ihr einfach warten, bis sich die Deutsche Botschaft meldet.
Und bedenkt bitte, dass es eine ziemlich große Strecke von Kairo nach Sharm-el-Sheich ist. Es kann also noch einige Tage dauern, bis sich jemand von der Botschaft bei Euch meldet.

Danke, Franziska ich werde es ihrer Schwester ausrichten, es war lieb von Dir gleich dort anzurufen.

Endlich war das Gespräch beendet und Franziska stellte nach einem Blick auf die Handyuhr fest, dass es Zeit war langsam den Salat für das Mittagessen zu waschen.
Omar brachte Schawarma mit und sie wollte nur noch einen Salat vorbereiten und Fladenbrot auftauen.

Warum verflogen die Urlaubstage eigentlich immer so schnell, während die Zeit im Büro sich an manchen Tagen wie Kaugummi zog?

Für den Nachmittag hatten sie sich einen Ausflug in die Wüste vorgenommen. Omar hatte sich den Geländewagen eines Freundes geliehen. Hier lebte in der Oase Kharga ein älterer Nubier, dessen Familie schon seit Generationen Falken züchtete. Es war Franziskas Traum – in Assuan auch Falken zu halten und evtl. wenn sie und auch Omar mit diesen Raubvögeln gut umgehen könnten, kleine Ausflüge mit Touristen in die umliegende Wüstenlandschaft zu unternehmen. Das Gefühl der unendlichen Freiheit dieser Vögel, wenn sie am späten Nachmittag in den Bergen oder kurz vor Sonnenuntergang über der Wüste ihre Kreise ziehen, musste wunderschön sein.
Franziska hatte früher als die Kinder noch klein waren verschiedene Webervögel und einen Nymphensittich gekauft. Allerdings waren die Vögel nie handzahm bei ihr geworden. Auch Omar hatte außer mit Katzen keine größere Haustiererfahrung.
Dennoch waren beide an der Falkenhaltung interessiert, wobei ihnen klar war, dass man diese Tiere erst erwerben konnte, wenn man ausreichende Kenntnisse in der Haltung und Pflege besaß.
Nach dem Essen, packte Franziska eine große Tupperdose mit kleinen Stücken Wassermelone, Fladenbrot, Tomaten und eine ebenfalls große

Plastikdose mit „Gebem kadime" – (sogenannter: alter Käse) der
mit Tehina und Tomatenstückchen als Dip angerichtet wird, in
die Kühltasche ein, Omar hatte schon einige Flaschen Wasser
und die Thermoskanne mit Tee und einen kleinen Bund „
Minzblätter „ im Kofferraum verstaut.
Nach einer gefühlten unendlich langen Suche nach ihrer
Sonnenbrille, konnte die Tour endlich starten.
Es war mit ca. 29 Grad noch immer wunderbar warm.

Die Fahrt führte über eine wenig befahrene aber gut ausgebaute
Wüstenstrecke die an einigen Stellen fast vollständig vom Sand
verdeckt war. Die Luft war wunderbar klar und Franziska fühlte
mit jeder   Minute mehr, dass der chronische Luftmangel
aufgrund ihres Asthmas hier wie weggeblasen war.
Omar saß am Steuer und Franziska hatte wie immer wenn sie
eine größere Strecke im Auto zurücklegte schon nach kurzer Zeit
Hunger und Durst.
Gelenkig wie ein alterndes Flusspferd kletterte sie zwischen den
Vordersitzen auf die Rückbank und schaffte es die
Kofferraumabdeckung soweit anzuheben, dass sie eine Flasche
Wasser und die Tupperdose mit den Wassermelonenstückchen
greifen konnte.
Nach einer weiteren artistischen Kletterübung saß sie
quietschvergnügt wieder auf dem Vordersitz und fütterte Omar
und vor allen Dingen sich selbst.
Der Empfang des Autoradios wurde langsam schlechter , aber
nach einigen Drehungen hatten sie einen sudanischen Sender
erwischt, der Oldies spielte und Franziska hatte den Wunsch,
dass diese Fahrt noch lange nicht enden sollte.

Bei Sonnenuntergang erreichten sie die Oase. Nach einigen
Stops mit Fragen nach Mansours Haus,

erreichten sie das weitläufige nubische Haus mit einem
wunderschönen großen Innenhof. Es war noch ganz traditionell
gebaut und hatte einen eigenen Eingang für die Frauen der
Familie oder weibliche Gäste. Die einzelnen Räume fanden sich
auf drei Seiten des Innenhofs und an der einzigen freien Wand

bzw. Mauer waren mehrere Jasminbüsche und große Dattelpalmen, welche die Hofmauer bei weitem überragten.

Der Hausherr deutete auf eine verdeckt von einem großen Jasminbusch stehende große Vogelvoliere aus Bambus. Hier wohnten seine Falken friedlich in einer gemeinsamen Voliere und nicht wie üblich in einzelnen Käfigen.

Doch bevor er Omar und Franziska zu den Vögeln führte nahmen sie zusammen mit seiner Frau und den beiden ältesten Söhnen an einem altersschwachen Gartentisch Platz. Seine jüngste Tochter brachte einen großen Krug mit kaltem Karkade und einige Schüsselchen mit Sonnenblumenkernen zum knabbern und frischen Datteln und Wassermelone.

Omar war als Kind mit einem Onkel schon mehrmals in dieser Oase gewesen und hatte entfernte Verwandte besucht, als er Mansour kennenlernte. Außer den Falken verdiente dieser sein Geld als Dichter und Schriftsteller. Er schrieb meist über die Geschichte der Nubier und ihrer Vertreibung oder netter ausgedrückt ihrer Umsiedlung aufgrund des Staudammes. Damals waren verschiedene nubische Dörfer beim Fluten des Staudammes verschluckt worden. Und damit war auch ein Großteil der nubischen Bevölkerung über weit entlegene Gegenden verteilt worden. Die Geschichten und Bräuche gerieten nach und nach in Vergessenheit und viele der nun im Norden des Landes lebenden Nubier versäumen es ihren Kindern die Muttersprache ausreichend zu vermitteln.

Mansour hatte es sich zur Aufgabe gemacht, kleine Erzählungen aber auch komplette Romane, über die Geschichte und alten Gebräuche speziell über Heilpflanzen und Naturheilmethoden der Nubier zu schreiben.

Nach einer kleinen Erholungspause konnten sie endlich die Falken besichtigen.

Er hatte 17 ausgewachsene Falken in seiner Voliere untergebracht, die friedlich miteinander an Datteln und Wassermelonen knabberten.

Für den nächsten Morgen verabredeten sie sich sehr früh, um die Vögel im freien Flug zu beobachten.

Nach einigen höflichen Verabschiedungsworten beeilten sich Omar und Franziska um zu seinem Cousin zu fahren, der etwa 10 Autominuten entfernt wohnte. Hier wollten Sie die Nacht verbringen und dann am nächsten Morgen schon ganz früh aufbrechen, um bei Sonnenaufgang die Falken in freier Natur zu bewundern.

Sie wurden schon erwartet und Tareks Frau hatte ein sehr üppiges Abendessen zubereitet. „ Mensef „ (übersetzt heißt das:**explodiert**) .

Es war ein überaus reichhaltiges Reisgericht mit Hühnchen und hatte sicherlich sehr lange Zubereitungszeit gekostet. Amal war eine gute Köchin und die leider noch nachfolgende Süßspeise „ Umm Ali" hatte garantierte 20.000 Kalorien, schmeckte aber leider viel zu gut.

Franziska hing erschöpft im Sessel und konnte nur noch einen Tee mit frischer Minze trinken, um nicht sofort einzuschlafen.

Omar hingegen war noch völlig fit und freute sich seinen Cousin und dessen Familie nach vielen Jahren wieder zu treffen.

Es wurde lange nach Mitternacht als sie endlich im vorbereiteten Gästezimmer einschliefen. Die Nacht war daraufhin sehr kurz, denn um vier Uhr läutete schon der Handywecker.

Sie hantierten leise in der Küche, um die Familie nicht zu stören, waren aber überrascht, dass schon Tee in der Thermoskanne für sie bereit gestellt war. Tarek hatte nach dem morgendlichen Gebet noch schnell Wasser für den Tee aufgestellt.

Sie fuhren kurz darauf mit recht kleinen Augen zu dem abgelegenen Haus von Mansour, der schon vor seinem alten klapprigen Geländewagen auf sie wartete.

Er hatte in kleinen Käfigen 4 Falken mitgebracht, die schon diese typische Raubvogel-Ledermaske trugen. Auf dem Rücksitz lagen drei große schwere Lederhandschuhe, die sie vor den Krallen der Vögel schützen sollten, aber schon derart zerfetzt aussahen, dass sie sicherlich keinen Schutz mehr bieten würden.

Franziska nahm auf dem Rücksitz in der Nähe der Vögel Platz und Omar saß auf dem Vordersitz neben Mansour.

Nach einer halben Stunde hatten Sie die passende Stelle am
Fuße eines kleinen Hügels erreicht, und Omar und Mansour
trugen die Käfige nach oben. Franziska kam leicht nach Luft
japsend hinterher und trug verantwortungsvoll die alten
Handschuhe.

Es war ein wunderschöner Anblick als der erste Vogel weit oben
am Himmel seine Kreise flog und dann nach einem Pfiff von
Mansour sich majestätisch zum Rückflug und zum Landeanflug
auf seinen Handschuh-Platz aufmachte. Nach einigen Runden
der anderen Vögel trauten sich auch Omar und Franziska einen
der Vögel in die Lüfte zu entlassen. Nur Franziska hatte das
Problem, dass sie nicht pfeifen konnte.
Da mussten sie sich aber etwas anderes einfallen lassen, und sie
fragte auch gleich ganz unsicher nach, ob denn die Vögel auch
auf eine Trillerpfeife oder ähnliches dressiert werden könnten.

Mansour konnte sich ein kleines überlegenes Lächeln nicht
verkneifen.

*Wenn ihr soweit seid, dass ihr ganz in Assuan wohnt, sagt mir
Bescheid und ich werde 2-3 Jungvögel für Euch oder besser
gesagt speziell für Dich dressieren.*

Nach dieser Zusage versuchte Franziska ganz vorsichtig einen
der Vögel zu streicheln, und siehe da er verhielt sich so ähnlich
wie LORD NELSON damals, der Nymphensittich. Er blieb zwar
auf dem Lederhandschuh sitzen und versuchte auch nicht zu
beißen, aber Begeisterung sah bei einem Falken wie auch bei
Nymphensittichen ein klein wenig anders aus. Omar hingegen
hatte mehr Glück – er konnte pfeifen – und der Vogel kam recht
schnell wieder zu ihm zurück und ließ sich ohne Probleme
streicheln auch ohne Lederkappe auf dem Kopf.
Die Zeit verging wahrlich wie im Fluge, und als sie die Vögel
wieder im Fahrzeug untergebracht hatten, tranken sie unter
einem fast vertrockneten Baum ein Glas Tee mit Minze zu
Erfrischung.

Dann wurde es langsam zu heiß und sie fuhren zurück, um die Vögel wieder in die schattige Voliere zu bringen.

Nach einem kleinen Zwischenstopp bei Tarek , fuhren sie in den beginnenden Nachmittag und damit in der größten Hitze zurück nach Assuan.

Der erste Falke muss aber unbedingt „ Horus „ heißen, stellte Franziska fest, das habe ich Vicky versprochen. *Du erinnerst Dich doch noch, dass Vicky bei unserer Nilkreuzfahrt einen kleinen Jungen an der Corniche in Luxor getroffen hat, der auf einem Kinderfahrrad fuhr und mit der einen Hand den Lenker und mit der anderen einen kleinen Falken festhielt.Auf unsere Frage wie denn sein Vogel heiße meinte er ganz stolz „Horus“.*
Darauf verkündete Vicky ganz verträumt,: Wenn ich mal einen Falken hätte, der müsste auch Horus heißen.
Und bei unserem Besuch in Kairo hab ich dann bei Lehnert und Landrock, an dem Tag als Du die früheren Kollegen besucht hast, einen kleinen   Kühlschrankmagneten in Form einer Briefmarke mit einem Falken als „Brieftaube „ gekauft. Der hängt jetzt in ihrer Wohnung im Flur an der Metalltür der Elektrosicherungen.

Und daher müssen wir die ersten Vögel HORUS, ISIS und OSIRIS nennen, und wenn wir einen ganz frechen haben, dann ist er leider der SETH.
Omar hatte sich nun schon an die blühende Phantasie seiner Frau gewöhnt und lächelte nur müde dazu.

Marianne rief mit müder Stimme ihre Ziegen zusammen und war zugleich froh, dass ihr kleiner Begleiter wieder gekommen war, um ihr den Rückweg zu zeigen. Alleine hätte sie sich in dieser unwirtlichen Umgebung in der alles gleich aussah, nur dass hier und da die herumliegenden Steine ein wenig größer oder staubiger wirkten, niemals zurechtgefunden.

Dieser kleine Junge aber war wie selbstverständlich am Morgen vor ihr hergestapft und war auch nun seines Weges recht sicher.
Müde und hungrig sank sie vor ihrem Zelt zusammen und war einfach nur verzweifelt über diese schier unlösbare Situation. Wie sollte sie hier denn nur wegkommen. Die Beduinenfamilie sprach nur irgendeinen Dialekt, den kein Mensch verstehen konnte, und sie beherrschte keinerlei Fremdsprachen. Es kam nie ein Fremder vorbei und es ließ sich auch keine Touristengruppe mehr hier blicken.
Dabei hatte alles doch so nett begonnen. Aber sie hoffte noch immer auf die Suchaktionen die ihre Familie oder auch die Kollegen doch sicher über die deutsche Botschaft starten würden.
Leider waren diese Hoffnungen nicht ganz so zutreffend. Die Botschaft war sicherlich mit ihrem Fall befasst, aber die Ermittlungen und Erkenntnisse liefen in eine völlig konträre Richtung.
Nach einer kleinen Pause schlurfte sie langsam zum Zelt der anderen Frauen hinüber, nahm sich aus einer der in einer schattigen Ecke gelagerten Wasserflaschen einen kleinen Guss um ihre Hände und das Gesicht notdürftig zu reinigen. Dann nahm sie bei den Frauen Platz und verschlang sehr hungrig eine große Portion Reis mit einem undefinierbaren Fleisch und einer wunderbar schmeckenden tiefroten Soße darüber. Die jüngste Tochter, ein vielleicht 13-jähriges Mädchen mit wundervollen kajalumrahmten dunkelbraunen Augen, reichte ihr eine Tasse mit starkem schwarzen ,entsetzlich stark gezuckertem Tee. Die ersten Tage war es Marianne sehr schwer gefallen, diesen süßen Tee zu trinken, aber mit der Zeit gewöhnte man sich daran, und sie hatte doch wesentlich schlimmere Einschränkungen hier täglich hinzunehmen.
Als sie mit einer Hand voll Datteln wieder zu ihrem Zelt hinüber gehen wollte, sprach sie die älteste der Frauen eindringlich an:

Bokra marahe tenia (Morgen ziehen wir weiter)

Marianne blickte ratlos zu der alten Frau hinüber und verstand kein Wort. An ihrem fragenden Blick erkannte die Beduinin, dass sie das ganze näher mit Händen und Füßen würde erklären müssen, aber Marianne konnte sich auch aus den wildesten Bewegungen keinen Reim machen. Sie nickte nur gottergeben und ging müde zu ihrem Schlafplatz in der Ecke des alten Zeltes. Was immer diese Alte sagen wollte, es interessierte sie heute Abend nicht mehr. Wieder war ein schrecklicher Tag in dieser grauenvollen trostlosen Gegend vorüber und das Schlimmste war, ein baldiges Ende war nicht abzusehen. Schon nach kurzer Zeit war sie in einen tiefen traumlosen Schlaf gefallen der nur zu schnell wieder endete. Eine ihrer Mitbewohnerinnen rüttelte sie unsanft wach und bedeutete ihr endlich aufzustehen. Draußen war es noch dunkel aber alle Mitglieder dieser Großfamilie waren mit packen und laufen beschäftigt. Die 7 Kamele waren schon mit großen Gepäckstücken versehen und außer ihrem Zelt und ihren Habseligkeiten bestehend aus ihren Kleidungsstücken die sie am Tag ihrer Ankunft hier trug und einem Lederrucksack mit einigen Kleinigkeiten , sowie ihren Decken die ihr als Matratze und Bettdecke dienten, fehlte nur sie selbst.

Die Männer hatten das Zelt recht schnell zusammen gelegt und ihre wenigen Habseligkeiten trug sie selbst in ihrem Rucksack verstaut. Es musste ein lächerliches Bild abgeben, Marianne, die sonst immer außerordentlich gepflegte Frau, stapfte hier in Sneakers, einer älteren abgetragenen Galabiya, einem schwarzen Schleier und einem Lederrucksack durch die Steinwüste des Sinai.

Oh mein Gott, wir ziehen endlich weiter in eine hoffentlich bekannte Gegend in der Nähe einer größeren Siedlung, war Mariannes erster Gedanke. Vielleicht konnte sie dort dann endlich Kontakt zu einer Polizeistation oder ähnlichem aufnehmen, Vielleicht traf sie auch endlich einen Menschen, mit dem sie sich verständigen konnte.

Guten Mutes begann sie nun sich mit den anderen auf den Weg zu machen, an dessen Ziel sich ihre Situation hoffentlich grundlegend ändern würde.

Nach einigen Stunden, als die Hitze immer unangenehmer wurde, relativierte sich die Vorfreude doch ein wenig. Die Gegend veränderte sich kaum und sie hatte das Gefühl, dass es eher noch eintöniger wurde.

Am unruhigen Verhalten der Kamele und der vier struppigen Esel wurde auch Marianne auf den näher kommenden Brunnen aufmerksam. Endlich!

Sie beschleunigte ihre Schritte und erkannte, dass in der Nähe des Brunnens schon eine andere Beduinengruppe lagerte.

Sie betete im schnellen Laufen, dass sich hier die Chance ergeben möge einen wenigstens englisch sprechenden Menschen zu finden, der sie aus ihrer Situation befreien möge.

Auch die anderen wurden auf diese Gruppe aufmerksam und das Familienoberhaupt kam mit raschen Schritten seines Kamels auf Marianne zu. Er bedeutete ihr sofort das Gesicht mit dem Schleier zu verhüllen und sich zu den anderen alten Frauen zu begeben. Als Marianne nicht gleich verstehen wollte, dass er sie in den Kreis seiner eigenen Familie, und keinesfalls den Blicken von Fremden aussetzen wollte,

stieg er aufgeregt und böse von seinem Kamel ab und zerrte sie an den Händen in den Kreis der Frauen, die sie nicht einen Augenblick mehr aus den Augen verloren.

Auch das Klagen und schimpfen nützte ihr nichts, sie hatte keine Chance mit den Fremden in Kontakt zu treten.

Die Wasserstelle durfte sie nur von Ferne betrachten, das so herbeigesehnte frische Wasser wurde ihr allerdings in großzügiger Menge von ihrem kleinen täglichen Begleiter gebracht. Sie verzog sich in das Zelt und genoss es sich einmal gründlich mit frischem kühlen Wasser von Kopf bis Fuß zu reinigen.

Eine der älteren Frauen brachte ihr eine frische schwarze Galabiya und einen frischen schwarzen Schleier. Die benutzte Kleidung nahm sie ihr netterweise ab und trug sie zu einem kleinen Platz etwas abseits der Zelte und wusch sie mit den anderen Kleidungsstücken der Familie.

So fühlte sie sich mit frisch gewaschenen Haaren und frischer Kleidung schon sichtbar wohler. Allerdings traute sie sich nicht sich auch nur einen Schritt von der Gruppe der älteren Frauen zu entfernen.

Diese hatten schon begonnen, eine Ziege zu schlachten und verteilten auf der Stelle am Boden, an der sich das meiste Blut angesammelt hatte, großzügig die zuvor eingesammelte Erde. Trotzdem konnte man schon nach wenigen Minuten die dunkle Erde sehr deutlich vom restlichen Erdreich unterscheiden. Das Schreien des Tieres würde Marianne nicht so schnell aus der Erinnerung verlieren.

Es war kein schöner Anblick als die Frauen dem toten Tier das Fell abzogen, aber noch wesentlich unschöner war die Tatsache, dass Marianne nun mithelfen sollte, das Tier zu zerlegen und die einzelnen Fleischstücke im frischen Wasser zu reinigen und bei der Zubereitung zu helfen.

Die Vorstellung von einem der Tiere zu essen, das sie noch einen Tag zuvor auf der „ Weide „ oder wie immer man diese ausgetrocknete Gegend nennen mochte, wo nur hin und wieder ein paar Büsche und vereinzelte Pflanzen zu finden waren ausgeführt hatte, gruselte sie doch sehr.

Auch wenn der Bezug zu diesen staubigen Tieren nicht sehr herzlich war, sie selbst zu verspeisen war dann doch noch eine andere Sache.

Da wollte sie doch schon lieber beim Brotbacken helfen, es war angenehmer auf dem Boden zu hocken, in einer nicht ganz sauberen Schüssel den Teig zu kneten und dann auf einem großen Stein auszubreiten und mit dem direkt davor befindlichen Feuer zu backen.

Dieses Brot, egal wie staubig und steinig es auch mitunter schmeckte, war zu ihrer Lieblingsspeise geworden. Die ewigen Datteln konnte sie schon nicht mehr sehen, und alles in allem konnte man sagen: Die Küche der Beduinen war nicht unbedingt abwechslungsreich.

Aber auch die Mehlvorräte mussten doch irgendwann mal aufgebraucht sein, woher bekamen die denn den Nachschub ?

Wo kauften die denn bloss all die Dinge ein, die auch bei Ihnen irgendwann mal ausgingen.Salz und Zucker und Tee zum Beispiel !
Sie musste sich Gewissheit verschaffen und versuchen die Vorräte zu überprüfen.

Pünktlich um 6.00 Uhr läutete es an der Tür von Christine Maurer, der Fahrer der Botschaft stand schon putzmunter vor ihrer Haustür, noch müde griff sie nach ihrer Reisetasche und dem Aktenkoffer mit den notwendigen Unterlagen für ihre unangenehme Aufgabe.
Die Fahrt gestaltete sich wie erwartet sehr unangenehm. Kaum aus Kairo herausgekommen konnte sie das Gejammer und Meckern des Fahrers kaum noch ertragen. Sie hatte wohlweislich auf der Rückbank Platz genommen und ein kleines Nackenkissen aus ihrer Reisetasche gefischt bevor er diese im Kofferraum verstaute.
Sie verkündete sie müsse ein wenig Schlaf der letzten Nacht nachholen und schloss verzweifelt die Augen . An einschlafen war nicht zu denken, aber sie konnte so jedem Gespräch ausweichen.
Die Fahrt bis Suez zog sich wie Kaugummi, unterwegs waren mehrere Kolonnen mit Touristenbussen unterwegs und an überholen war nicht zu denken.
Leider konnte sie während der Fahrt nicht lesen, und sie bereute es sich nicht auch eine Ausrede ausgedacht zu haben. Aber jetzt war es zu spät und sie konnte nicht mehr zurück. Die Landschaft war nicht gerade eintönig aber nur noch ein klimagekühltes

Restaurant mit einem unendlich großen Frühstücksbuffet hätte sie für die nächsten Stunden zufrieden gestellt. Nach gefühlten 2 Tagen kamen sie in Suez an.

Christine Maurer war zum dritten Mal in Suez und dirigierte den Fahrer zu einem kleinen Fisch-Restaurant in der Nähe des Kanals.

Er war zwar nicht begeistert, da Fisch nicht gerade zu seinen Lieblingsspeisen gehörte, aber sicherlich war auch er froh, an einem gepflegt gedeckten Tisch sitzen zu können, bevor die Fähre sie auf die andere Seite des Kanals in den Sinai brachte.

Sie ließen sich Zeit und nach dem Essen fragte Christine noch nach einem Dessert. Dieses Restaurant bot zwar nur Fisch-Menüs an, aber die Kellner in Ägypten sind für ihren guten Service bekannt. Während sie noch auf den Tee warteten, eilte der Kellner in ein benachbartes Restaurant und kam stolz mit einem Tablett mit zwei üppigen Portionen Umm-Ali zurück.

Sie beeilten sich, da die nächste Fähre bald abfahren sollte, und Christine ließ sich noch ein paar Flaschen eiskaltes Mineralwasser für die weitere Fahrt mitgeben.

Die betagte Fähre sah nicht sehr vertrauenerweckend aus und neben ihrem Fahrzeug waren noch einige Motorroller und ein alter Mann mit seinem Esel der hochbeladen mit Decken und Datteln in großen Plastiktaschen, am Rand des Schiffsdecks stand, auf dem Weg in den Sinai. Auf den Bänken die sich im vorderen Teil der Fähre befanden hatten sich einige Familien niedergelassen, die ebenfalls mit vielen Taschen und Bambuskäfigen mit Hühnern unterwegs waren.
Christine nahm auf einer der noch freien Bänke Platz und war froh ihrem Fahrer für eine Weile zu entkommen, der sich nicht einen Millimeter von seinem geliebten Fahrzeug entfernen wollte.

Die Überfahrt dauerte nicht lange und sie musste wieder ihren Platz im Auto einnehmen, um die restliche Strecke noch hinter sich zu bringen.

Es wurde immer einsamer auf der Straße und die Fahrt durch die zum Teil bergige Landschaft ließ sie nun wirklich in einen leichten Schlummer fallen.

Der Lärm von vorbeifahrenden Autos und das hereinfallende Licht weckten sie ziemlich unsanft. Sie waren endlich angekommen.

Müde richtete sie sich auf und zupfte nervös an ihren Haaren herum. Nach kurzem suchen in ihrer umfangreichen Handtasche fand sie einen kleinen Spiegel und versuchte die verwischte Wimperntusche zu restaurieren.

Der Fahrer bemerkte sogleich erfreut, dass sie wieder unter den Lebenden weilte, und begann sofort das Gespräch wieder aufzunehmen, was aber die Suche nach der Polizeistation der Touristenpolizei nicht erleichterte. Nach einigen Nachfragen in einem der zahlreichen Straßencafes standen sie überraschenderweise direkt vor dem neuen Gebäude.

Christine zupfte noch ein wenig an ihrer verknautschten Kleidung herum und betrat dann mit einer großen Aktentasche bepackt das Büro des Polizeichefs.

Mansour Saad war nicht gerade erfreut, dass Christine um diese Uhrzeit noch sein Büro aufsuchte. Er war gerade im Aufbruch gewesen und stellte sich seinen wohlverdienten Feierabend auf der Dachterrasse seines kleinen Hauses am Rande der Stadt wesentlich angenehmer vor, als hier im Büro noch die ganzen Papiere dieser vermutlich ertrunkenen Touristin zu bearbeiten.

Aber er zeigte sich von seiner besten Seite und bestellte sofort kühle Getränke und für sich einen starken schwarzen Tee.

Die Übergabe der gegenseitigen Papiere zog sich ein wenig in die Länge und Christine konnte erst nach 2 Stunden das Büro wieder verlassen.

Aber sie hatte alle schriftlichen Unterlagen erhalten und konnte somit im Laufe der nächsten Tage im Büro in Kairo die Papiere zur Versendung nach Deutschland fertigmachen. Die notwendigen Formulare um diese Urlauberin in Deutschland für Tod erklären zu können, sowie ihre persönlichen Habseligkeiten würden dann zusammen nach Frankfurt geschickt werden können.

Jetzt aber wollte sie nur noch schnellstens in einem gepflegten Hotel ein Zimmer beziehen und eine ausgiebige Dusche nehmen.
Sie ließ sich vom Botschaftsfahrer zum Oriental Rivoli Hotel bringen und stellte dort fest, dass auch für den Fahrer dort ein Zimmer reserviert war.
Nach einem schnellen Blick auf seine Reservierung stellte sie aber erleichtert fest, dass er in einer anderen Etage untergebracht worden war.
Sie verabredeten sich für den nächsten Morgen und Christine verschwand eilig auf ihrem Zimmer.
Sie genoss die Erfrischung und beim Blick vom Balkon ihres Zimmers bereute sie es keineswegs diese Fahrt unternommen zu haben. Wenn Sie morgen nach dem Frühstück gleich in das Hotel der Urlauberin fuhr und die persönlichen Habseligkeiten abholte, konnte sie bestimmt noch eine kleine Erholungspause am Strand einlegen.
Mit diesem beschwingten Gedanken fuhr sie mit dem Aufzug nach oben in eines der Restaurants und ließ sich mit einer großen Fischplatte und verschiedensten Salaten verwöhnen, zum Trost für die unbequeme Anreise gönnte sie sich noch verschiedene kleine Kalorienbomben. Aber außer ihrem kariösen Backenzahn bereute ihr Körper keine der Süßigkeiten.

Eigentlich war der Abend zu schön, um schon zu Bett zu gehen, aber alleine in der Hotelbar wollte sie nicht sitzen, und die Möglichkeit ihrem Kollegen zu begegnen war nicht so verlockend.
Also verzog sie sich auf ihren Balkon und genoss den Ausblick bei einem Glas frischen Guavensaft.

Der Morgen kam wie immer viel zu früh, aber Christine wollte sich heute beeilen, um noch möglichst viel Zeit vor der Abreise für den Strandbesuch einzuplanen.
Im Restaurant saß ihr Fahrer schon bei seiner zweiten Tasse Kaffee als sie mit einem kurzen *Guten Morgen* Platz nahm.
Sie besprachen kurz die Planung des Tages und siehe da, auch dieser unumgängliche Mensch war von einer kleinen Pause – er wollte lieber für ein paar Stunden aufs Meer hinaus fahren und angeln gehen – begeistert.
Christine beschloss daraufhin, alleine in das Hotel zu fahren, und ihm die Möglichkeit seiner kleinen Angeltour schon früher zu ermöglichen.

Als sie die Lobby des Hotels betrat und nach dem Manager fragte, wurde sie sofort in ein kleines Büro neben der Rezeption gebeten. Hier hatte man das Gepäck von Marianne Schäfer zwischengelagert.
Christine quittierte den Erhalt und zog den großen dunkelblauen Koffer hinter sich her in die Hotelhalle. In der Zwischenzeit war der Manager eingetroffen und begrüßte sie herzlich, wenn auch ein wenig nervös.

Sabah al hair Mrs. Maurer, ich bedaure, dass wir uns unter diesen Umständen kennenlernen müssen .Ich versichere Ihnen, dass es für unser Haus sehr traurig ist, einen unserer Gäste auf solch eine tragische Weise zu verlieren. Aber viele Menschen unterschätzen die Kraft die man aufwenden muss, um im Meer eine größere Strecke zu schwimmen.

Die angefallenen Getränkekosten gehen natürlich auf unser Haus.

Vielleicht können Sie der Familie unser Beileid übermitteln.

Christine war mit ihren Gedanken schon am Strand und
versuchte so schnell wie möglich das Hotel zu verlassen.
*Ich danke Ihnen auch im Namen der Deutschen Botschaft für
Ihre Bemühungen Frau Schäfer zu finden. Aber ich denke, wenn
die Stunde für einen Menschen bestimmt ist, dann gibt es kein
Entrinnen.*
*Sie haben aber sicherlich Verständnis dafür, dass ich mich jetzt
verabschiede denn auf mich wartet im Büro in Kairo noch jede
Menge Arbeit bei der Abwicklung dieses Todesfalles. Und dann
kommt noch die anstrengende Rückfahrt auf mich zu.*

Der Manager war nicht im Geringsten enttäuscht über die
schnelle Abfahrt, heuchelte aber Verständnis und brachte
Christine zu ihrem Wagen.

Der Wagen war noch nicht aus der Hotelauffahrt gefahren, da
griff er schon zu seinem Handy: *Sabah al hair ya Mansour, wie
ist es, hast Du Lust mit mir einen Tee am Strand zu nehmen, wir
haben für das Hotel ein neues Tauchboot vor zwei Tagen
bekommen und ich muss bei der ersten Kontrollfahrt mit an
Bord sein. Wenn Du dich also ungefähr für 2 Stunden frei
machen kannst, bist Du herzlichst eingeladen.*

Mansour musste nicht lange überlegen. *Genaugenommen, kann
ich das ja beruflich nutzen, wir machen noch mal eine kurze
Suchtour für diesen Hotelgast. Nur damit meine Behörde mit
gutem Gewissen sagen kann, wir haben aber auch wirklich alles
Erdenkliche unternommen.*
Wann treffen wir uns wo?

*Ich schlage vor: Du kannst mich in diesem Fall ja mit Deinem
Dienstwagen abholen, dann sind wir beide richtig „ gute und
besorgte Verantwortliche" – wenngleich ich aber auch sagen
muss, wenn schon ein Hotelgast ein solches Schicksal erleiden
musste, dann hat es wenigstens die Richtige getroffen. Diese
Frau war alles andere als angenehm.*

Christine hatte mittlerweile den Wagen Richtung Strand gelenkt und einen fast schattigen Parkplatz gefunden. Da Sie natürlich kein Badezeug eingepackt hatte, schlenderte sie noch an einigen der strandnahen Shops vorbei und entdeckte einen quietschgelben Badeanzug in ihrer Größe.

So kann ich doch nicht in der Sonne liegen, ich mache mich ja zum Gespött von ganz Sharm-el-Sheich.

Leider war aber kein Badeanzug in einer anderen Farbe (in ihrer etwas großzügigeren Üppigkeit) zu finden. Kurzerhand entschloss sie sich noch einen braun gemusterten Pareo für 45 Pfund zu erstehen. Was rund gerechnet nur 5,-€ waren.

Sie zog sich gleich im Laden um und stolzierte in ihrem unheimlich farbenfrohen Outfit hocherhobenen Hauptes zum Strand, unter dem Arm die Handtasche, die Plastiktüte mit Ihren Kleidern und ihre Schuhe.
Gott sei Dank hatte Sie ein großes Duschtuch zu Hause eingepackt.

Die Gehwegplatten hatten sich trotz der frühen Morgenstunde schon enorm aufgeheizt, und ihre Schritte wurden von Minute zu Minute hektischer.

Nein, das konnte doch jetzt wirklich nicht war sein, da kamen doch der Chef der Touristenpolizei und der Hotelmanager gemeinsam plaudernd ihr direkt entgegen.

Sie versuchte noch mit einer schnellen Drehung schon hier in den Sand, Richtung Wasser zu eilen, aber die beiden hatten sie schon erkannt – nein wie peinlich.

Oh, Mrs. Maurer – schön Sie noch einmal zu treffen – Sie hatten ja doch noch die Möglichkeit ein wenig Sonne zu tanken. Wann fahren Sie denn wieder zurück nach Kairo ? fragte mit leicht boshafter Stimme der Hotelmanager.

Ja, wie schön für mich, mein Fahrer hatte noch etwas zu erledigen ,so habe ich noch überraschend Zeit bis heute Nachmittag. Er wollte auch lieber in den etwas kühleren Stunden fahren und ich kann dann auch besser im Wagen schlafen, da ich ja morgen früh schon wieder im Büro sein muss, um die Papiere abzuschließen.

Wir unternehmen noch einmal eine kleine Suchaktion mit dem neuen Tauchboot des Hotels, entgegnete Mansour Saad. *Haben Sie nicht Lust mit uns zu kommen, wir sind in spätestens zwei Stunden wieder hier und sicherlich ist es doch schöner auf einem nagelneuen Schiff in der Sonne zu liegen, als hier alleine am Strand wo Sie auch noch auf Ihr Gepäck achten müssen.*

Christine überlegt nicht lange, nun nachdem man sie ja schon beim Schwindeln erwischt hatte, war es doch auch egal. Diese beiden Herren würde sie bestimmt nicht so schnell wieder treffen. Und eine Bootstour wäre doch bestimmt keine schlechte Entschädigung für die beschwerliche Fahrt hierher. Außerdem und das musste sie sich selbst eingestehen, waren beide Männer ausgesprochen gut aussehend.
Ein Hotelmanager in Sharm-el-Sheich – da konnte man doch günstig Urlaub machen – aber er war vielleicht etwas jünger als sie und bestimmt verheiratet.
Dieser Mansour Saad sah aber auch recht interessant aus und dürfte so ungefähr in ihrem Alter sein. Das bedeutete aber in Ägypten : er war bestimmt verheiratet und eventuell auch schon Großvater.

Ja, dann streich ich diese Gedanken mal ganz schnell – überlegte sie.
Aber ein netter Bootsausflug war ja wohl auch nicht zu verachten.

Das Zeltlager in der Nähe des Brunnens war seit heute früh vereinsamt.

Die Männer waren mit den Kamelen weg geritten, und im Lager waren nur noch die Frauen und die Kinder und zwei alte etwas gehbehinderte Männer zurück geblieben .

Am Tag zuvor waren die anderen Gruppen die Marianne leider nur von Ferne beobachten konnte aufgebrochen. Nun kam sie sich völlig verloren vor in einer Gruppe von Menschen die genau wie sie nicht in der Lage waren, sich aus dem Lager zu entfernen. Zu Fuß würde keiner weit kommen, wobei die anderen noch den Vorteil hatten die Umgebung besser als sie zu kennen.

Sie ergab sich langsam und müde in ihr Schicksal und bot sich freiwillig an, den jungen Frauen beim Weben der großen dunkelroten Decken zu helfen.

Doch diese Idee war wohl sicherlich nicht eine ihrer besten gewesen, die jungen Frauen hatten mehrere kleinere Holzpfosten in den ausgetrockneten Boden gerammt und begannen anschließend die Grundfäden zu spannen.

Eigentlich sah es ja gar nicht so schwer aus, schließlich hatte sie als Kind begeistert mit ihrem Holzwebrahmen gearbeitet.

Aber es war doch ein kleiner aber nicht zu unterschätzender Unterschied ob man bequem zu Hause am Tisch saß, oder hier auf dem Boden hockend oder nach vorne gebeugt wie die Asiaten bei der Reisernte, versuchte eine der dicken Wolldecken fertig zustellen.

Nach einer gefühlten Unendlichkeit hatte sie ganze 10 Reihen erreicht und war körperlich völlig am Ende. Nicht nur dass sie ihren Rücken nicht mehr spürte, nein diese vielen kleinen roten Wollfusseln waren überall im Gesicht, auf der Galabya, an den Händen, den Füßen einfach überall.

Eine der jungen Frauen hatte aber nach einiger Zeit Mitleid mit ihr, und bot an sie abzulösen. Leider konnte Marianne sie nicht verstehen und arbeitete murrend weiter.

Vielleicht war „ Ziegen hüten „ doch ein wenig angenehmer – da konnte sie wenigstens nachdenken und überlegen wie es denn eine Möglichkeit gäbe doch noch von hier wegzulaufen.

Ihre große Hoffnung war eine Touristengruppe die vielleicht diesen Brunnen hier aufsuche würde, während sie hier in der Nähe noch lagerten.
Aber Touristen besuchten eigentlich nur die bekannten Ziele, wie den Mosesberg und das Katharinenkloster.
Da alles Grübeln nichts half, webte sie emsig weiter und war froh, dass eine der älteren Frauen ihr irgendwann auf die Schulter klopfte und mit der Hand bedeutete, dass das Essen bereit stand.
Da hier ausreichend Wasser zur Verfügung stand, konnte sie die Hände mit reichlich Wasser abspülen, und musste nicht wie sonst, die Hände mit Sand abreiben.
Es gab zum bestimmt tausendsten Mal „ Foul" mit Fladenbrot. Foul ist ja in Ägypten sehr beliebt, aber Marianne konnte diesem Nationalgericht wenig abgewinnen.
Diese ewigen Bohnen in einer Sauce aus Tomaten und einem nicht unerheblichem Anteil an Knoblauch versetzte sie nicht Verzückung.
Sie nahm die gutgefüllte Schale und zwei kleinere Fladenbrote und verzog sich ein wenig in den Schatten ihres Zeltes. Danach gab es die üblichen Datteln und eine Tasse mit süßem Tee.

Heute verzogen sich die Frauen und Kinder zu einem Nachmittagsschlaf und Marianne war glücklich nicht wieder am Boden hockend die Arbeit an der Decke weiterführen zu müssen.
Sie musste vor sich selbst zugeben, dass sie hier bisher niemand zu einer Arbeit gezwungen hatte. Man gab ihr mit Händen und Füßen zu verstehen, dass sie etwas für die Allgemeinheit helfen könne, aber Druck wurde eigentlich nicht ausgeübt.
Sie wurde nicht schlecht behandelt, sie erfuhr die gleiche Behandlung wie alle anderen dieser Großfamilie hier.

Nur konnte sich Marianne einfach nicht erklären, warum es denn bis jetzt noch nicht aufgefallen war, dass sie bei der Rückkehr im Hotel nicht dabei war. Dieser Reiseleiter musste doch bemerkt haben dass sie fehlte. Sie hatten sich doch noch so nett unterhalten, als sie zu einem kleinen Imbiss bei „ihrer

neuen Familie“ zusammen saßen. Das sollte doch ein kleines Highlight dieses Ausfluges zum Katharinenkloster werden.
Ein Imbiss bei einer richtigen Beduinenfamilie.
Und dann hatte sie diesen Fehler begangen – aber es konnte doch nicht ihr Fehler sein – sie hatte sich die kleinen Ziegen angeschaut. Und im Lärm dieser Tiere hatte sie nicht das Starten der Fahrzeuge bemerkt.

Sie konnte sich noch genau erinnern:
dieses unglaubliche Gefühl, als sie feststellen musste, dass man ohne sie abgefahren war.
Zunächst war sie erschrocken und ängstlich, aber dann fand sie es sogar ganz lustig und stellte sich vor, wie sie im Büro sitzen würde und den Kollegen von diesem Abenteuer berichtete.
Marianne war sicher innerhalb der nächsten ein bis zwei Stunden wieder abgeholt zu werden.
Nachdem man ihr aber einen Platz im Zelt angeboten hatte, war sie schon ein wenig unsicher geworden.
 Na gut, dann kam eben Morgen im Laufe des Tages ein Wagen und holte sie ab – na die würden sich aber entschuldigen müssen, da würde sie sich aber beschweren und der Reiseleiter hätte sicherlich nach ihrer Ankunft keinen Arbeitsplatz mehr in diesem Hotel.

Aber es kam ja alles ganz anders. Niemand kam, niemand wollte sie abholen, und die Hoffnung wurde von Tag zu Tag geringer.
Als dann eine Woche verstrichen war, wartete sie darauf, dass die Familie und die Kollegen und vor allem ihre ungeliebte Kollegin Franziska, doch etwas unternehmen würden.
Die wollte doch auch nach Ägypten fahren mit ihrem Mann. Na ja, ein Ausländer halt, ein Ägypter, aber der konnte doch wenigstens arabisch und würde es doch wohl zustande bringen, dass man sie aus dieser Einöde herausholen würde. Aber es kam kein strahlender Held auf einem Schimmel angeritten und rettete sie.

Und so sehr sie sich auch anstrengte es fiel ihr einfach nichts ein, was sie aus ihrer unvorstellbaren Situation befreien könnte.

Wenn sie wenigstens mit dieser Familie reden könnte, aber nein keiner von denen war auch nur in der Lage ein deutsches Wort von sich zu geben.

Sie hätte ihnen Geld versprochen, oder was ihr auch immer einfiel, aber dieses ungebildete Volk konnte einfach keine Fremdsprachen.

Wie konnte das denn sein, die lebten doch in einem Land, das jedes Jahr von Millionen von Urlaubern besucht wurde.

Wenn sie da an Frankfurt dachte – das war doch etwas ganz anderes – da kamen die Touristen an, hatten einen Reiseführer und die Kamera in der Hand und konnten wenigstens auf halbwegs gutem Deutsch nach dem Goethehaus fragen. Auch Sachsenhausen ein Stadtteil südlich des Maines und bekannt durch seine zahlreichen „Äppelwoi-Lokale" war für die meisten Besucher ein Begriff.

Aber so sehr sich auch aufregte, es wollte ihr partout keine Lösung für ihre ausweglose Lage einfallen.

Vicky stand nun schon eine halbe Stunde am Abfertigungsschalter von Egypt-Air und noch immer waren nicht alle Mitglieder ihrer Reisegruppe eingetroffen. Dabei dachte sie immer Frauen wären unpünktlich, aber auch die Herren der Schöpfung benötigten offensichtlich immer mehr Zeit ihr Gepäck zusammen zustellen.

Sie hatte es sich so einfach vorgestellt, sie glaubte noch ganz naiv, alle Teilnehmer kämen pünktlich am Flughafen an, sie würde alle Unterlagen einsammeln und alleine zum Schalter gehen.

Aber gut, sie war jung und flexibel und die Mitarbeiter am Schalter waren ihr durch ihre häufigen dienstlichen Besuche am Flughafen bekannt.
Zehn Minuten vor Ende der Eincheck-Zeit kamen ganz gemütlich die letzten beiden Herren mit ihren Trollis angerollt.
Die Gruppe bestand nun aus 22 Herren − 20 davon waren tatsächlich Polizeibeamte und die restlichen 2 kamen aus dem allgemeinen öffentlichen Dienst .
Und ausgerechnet diese beiden kamen vergnügt als letzte zum Schalter.
Vicky hatte es geschafft, dass alle Plätze im vorderen Teil der Maschine erhielten, direkt nach der 1. Klasse. So hatte sie alle ein wenig im Blick und konnte auf Fragen eingehen ohne durch die ganze Maschine zu hetzen.
In der Reihe vor ihr saß ein junger interessant aussehender junger Mann direkt am Fensterplatz, der ihr merkwürdig bekannt vorkam. Sie konnte ihn nur vom Profil sehen, war sich aber sicher in ihm einen Freund aus Kinder und Jugendtagen zu erkennen.
Da sie nicht ganz sicher war, tippte sie ihm vorsichtig auf die Schulter und bot ihm ihren Reiseführer an. Abidin drehte sich um und ein Lachen ging über sein Gesicht :

Ja hallo, wo kommst Du denn her ? fragte er vollkommen überrascht.

Vicky konnte sich kaum beruhigen, *du bist Einer meiner Reisegruppe − das kann doch gar nicht sein !*
Ich habe Dich nicht gesehen am Flughafen − bist Du auch ein Polizist ?

Ja, wir sind doch damals nach Sachsenhausen gezogen und ich hatte keine Ahnung was ich nach der Schule studieren sollte. Also habe ich mich mal bei der Polizei beworben − und wie Du siehst hat sich mein Sportverein von früher ausgezahlt − sie haben mich genommen.
Ein Freund und Kollege von mir wollte diese Reise unbedingt mitmachen und er hat mich überredet wie Du unschwer

erkennen kannst. Am Flughafen hat er die Pässe und Reiseunterlagen von mir und sich gemeinsam zu der Reiseleiterin gebracht. Ich hatte ja keine Ahnung, dass Du die Reiseleiterin bist.
Wie geht es Dir denn – erzähl mal...

Beide waren nun während der nächsten beiden Stunden nur unterbrochen von den Mahlzeiten und dem Duty-Free-Verkauf mit Erinnerungen beschäftigt.

Der Flug verlief etwas unruhig da sie durch eine Schlechtwetterzone fliegen mussten und so verzögerte sich die Essensausgabe, der anschließende Kaffee oder Tee und der Duty-Free-Verkauf.
Die beiden „späten" Herren verkürzten sich die Zeit, in dem sie die im Duty-Free in Frankfurt erstandenen Whisky-Flaschen öffneten und mit Cola aus der Maschine verfeinerten. Es wurde in ihrer Sitzreihe immer lustiger und Vickys Stimmung erhielt langsam aber sicher einen gewaltigen Dämpfer. Sogar der Gedanke die nächsten Tage mit einem langjährigen Freund in ihrer Gruppe zu verbringen konnte sie nicht von diesen „Problemgästen" ablenken.
Beim Ausfüllen der Einreise-Karte hatten sie schon gewisse Probleme, die man nicht vollständig auf die fehlenden Englisch-Kenntnisse schieben konnte. Es war schon schwer nach einer halben Flasche Whisky noch die eigene Passnummer zu erkennen und auch noch das gebuchte Hotel einzutragen.

Hoffentlich, schaffen die es wenigstens heil in ihre Hotelbetten zu kommen, ohne dass ich mich überall entschuldigen muss, war Vickys einziger Gedanke.

Aber sie hatte Glück, die Passabfertigung und auch die Warterei an dem Kofferband lagen nun schon ohne Zwischenfälle hinter ihr.

Draußen vor dem Flughafengebäude schlug Ihnen trotz der frühen Abendstunde noch immer eine angenehme Wärme entgegen.
Sie versuchte ihre Gruppe zusammen zu halten, und da kam auch schon der gebuchte Bus angefahren.
Abidin half ihr ganz ritterlich mit dem Gepäck und in erstaunlich kurzer Zeit waren alle Gepäckstücke und die Gruppe im Bus untergebracht.

Die Fahrt in die Stadt dauerte Dank des ewig hohen Verkehrsaufkommens in Kairo fast eine Stunde. Die beiden alkoholseligen Helden schliefen tief und fest als der Bus endlich in der Lotfi - Hassouna Street in Dokki eintraf.
Alle reckten sich und suchten müde ihr Handgepäck zusammen. Nur in der vorletzten Reihe schlummerten glücklich noch immer die Beiden.

Vicky kletterte noch einmal in den Bus und rüttelte den ersten der beiden Herren unsanft an der Schulter. Mühsam schaffte er es mit seinem Kollegen aus dem Bus zu klettern und mit einer unangenehmen Alkoholfahne die wenigen Stufen zur Hotelhalle hinaufzuklettern.
Alle gingen wie selbstverständlich durch diese elektronische Sicherheitskontrolle nur die beiden „Glückseligen" zogen es vor, den Metalldetektor bewusst meidend, das Hotel zu betreten.

Victoria erledigte die Formalitäten an der Rezeption und sammelte die Pässe zur Vorlage bei der Touristenpolizei ein. Nach einem mittleren Tohuwabohu erreichten dann die einzelnen Gruppenmitglieder ihre Zimmer. Aus kleiner Boshaftigkeit heraus, hatte Vicky darum gebeten, dass die beiden „Beschwingten" ein Zimmer auf der Rückseite des Hotels ohne Balkon bekamen.
Den anderen Teilnehmern erklärte sie umsichtig, dass sie keinesfalls an irgendwelchen Balkonstürzen durch übermäßigen Durst Schuld sein möchte.
Mit verständnisvollem Grinsen zogen sich zunächst alle auf ihre Zimmer zurück.

Vicky blieb als letzte an der Rezeption und trank dort in Ruhe den ihr angebotenen kalten Karkade.

Sie eilte noch schnell über die Straße um an dem kleinen „Tante Emma-Laden" an der Ecke oder ägyptischen Mini-Supermarkt einige Tüten ihrer Lieblingschips mit Zitronengeschmack zu kaufen.

Dann fuhr auch sie mit einem der Hotelangestellten nach oben und schaute sich ihr Zimmer an.

Sie hatte darauf bestanden in einer anderen Etage untergebracht zu werden, denn sie wollte nicht unbedingt für alle Kleinigkeiten gestört werden.

Erleichtert es bis hierher gut geschafft zu haben warf sie sich auf ihr breites Bett, schaltete den Fernseher ein und öffnete die erste Chipstüte. Mit der linken Hand kramte sie in der Handtasche nach ihrem Handy und rief kurz bei ihrer Mutter in Assuan an. Nach nur zweimaligem Klingeln ging Omar schon ans Telefon.

Al hamdulilah Du bist gut angekommen, begrüßte er sie.
Warte ich gebe Dir Deine Mutter, die wartet schon ganz ungeduldig neben mir.

Hallo Vicky, na wie war der Flug, hat alles geklappt, waren Deine Männer alle pünktlich, hast Du ein schönes Zimmer zur Straße hin mit Balkon und vor allem wie geht es Dir ???

Danke, das war aber viel auf einmal – wie immer !
Ja wir hatten einen guten Flug, eigentlich waren fast alle pünktlich außer 2 „Saufnasen „ die sich schon auf dem Flug fürchterlich zugerichtet haben. Aber ich denke die beiden schlafen schon.
Mein Zimmer ist schön, ich bin im 5.ten Stock und habe einen guten Blick auf den Nil und auf die Oper.
Jetzt werde ich noch schnell duschen und dann noch oben im Restaurant einen großen Teller mit Shish-Kabab essen und ein großes Eis hinterher muss auch noch sein.
Übrigens hab ich mir schon an der Ecke einige Tüten Chips geholt und morgen Abend schaue ich noch mal im Alpha-Market

vorbei und decke dort meinen Süßigkeitenbedarf für die nächsten paar Tage, soll ich Euch Zimt-Kaugummi mitbringen ?

Nein danke, den kann ich doch auch hier in Assuan kaufen, aber die haben so eine tolle eingeschweißte Salami aus der Schweiz - und der Vorteil - die ist halal. Also wenn Du unbedingt möchtest, davon kannst Du 2 oder 3 Pakete mitbringen. Und wenn Du dann noch von Lipton-Tee den Großpack bekommst (Du weißt doch , der mit der kostenlosen Teetasse) dann liebe ich Dich wirklich über alles. Omar liebt diese Tassen und ich habe schon 3 davon beim Wegräumen schwer verletzt.
OK Kleine, dann geh jetzt mal duschen und was schönes Essen, viel Spaß die nächsten Tage und wenn Du irgendwelche Fragen und Probleme hast: melde Dich sofort - Omar kann Dir sicher helfen.

Ich wünsch Euch auch einen schönen Abend – noch eine Frage: wie warm ist es denn in Assuan ?
Ich will Dich nicht neidisch machen, aber Du kommst ja auch bald.
Wir hatten heute noch 34° C am Nachmittag.
Für Dezember nicht schlecht oder ??

Vicky liess das Telefon langsam auf das Bett sinken, stopfte sich noch ein paar Chips in dem Mund und öffnete mit beiden Händen den Koffer. Sie fischte sich frische Kleidung heraus und eilte ins Bad.
Kaum hatte sie die nassen Haare zu einem Pferdeschwanz zusammen gebunden, klopfte es schon an der Tür.
Drei ihrer Männer standen schon in leichte Pullover und T-Shirts gekleidet vor ihrem Zimmer.

Wir dachten Sie wollten doch sicher nicht alleine Essen gehen, brachte der älteste der Besucher stolz hervor.

Na davon habe ich sicherlich geträumt, schoss ihr als erster Gedanke durch den Kopf.
Oh das ist aber eine nette Idee. Ich hatte geplant hier im Haus in Hamys Roof – wie der Name schon sagt ganz oben, eine Kleinigkeit zu essen. Möchten Sie auch hier im Haus oder lieber in einem Restaurant hier in der Nähe oder evtl. bei Kentucky etwas essen.

Nein, nein wir passen uns Ihnen an, wir haben nur ein Problem wir haben ja noch kein Geld getauscht.

Ja dann ist es sicherlich das Beste wir essen hier im Haus und gehen morgen nach dem Frühstück gleich zur Bank.
Morgen früh können wir dann auch in Ruhe die Planung für die nächsten Tage besprechen. Ich habe schon ein Programm ausgearbeitet, aber wir können auf einzelne Wünsche gerne eingehen.

Sie ging nur kurz zu ihrem Bett zurück, griff sich ihre Handtasche und fuhr dann mit den Begleitern in die 9.te Etage.
Sie fanden einen Tisch direkt am Fenster und konnten den Ausblick auf den Nil, die Oper und die großen beleuchteten Hotels wie das Pyramisa und das Nil - Hilton auf der anderen Nilseite genießen.
Vicky hatte ein kleines Problem direkt am Fenster zu sitzen, sie mochte nicht direkt nach unten sehen können. Aber die Herren waren so begeistert, dass sie ihnen den bevorzugten Platz überließ, dass es ihnen gar nicht auffiel, dass Vicky nur in die Ferne aber keineswegs nach unten blicken wollte.

Der Kellner kam dienstbeflissen mit den Speisekarten in englisch und arabisch vorbei.

Vicky bestellte ohne einen Blick in die Karte zunächst eine Tomatensuppe – die beste die sie jemals gegessen hatte – und danach Shish-Kebab und hinterher ein großes Eis.

Ihre Begleitung schaute interessiert in die Karte und mutig und weltgewandt wie sie waren bestellten sie nach langem Hin-und Her genau das gleiche Menü wie Vicky.

Nur in den Getränken unterschieden sich die Herren – denn sie mussten unbedingt das Stella-Bier probieren, während Vicky mit ihrer Mirinda rundum zufrieden war.

Als Sie gerade beim Hauptgericht waren, betraten Abidin und sein Freund das Restaurant. Sie suchten sich einen Tisch in der Nähe und schlugen vor, nach dem Essen noch einen kurzen Spaziergang in der näheren Umgebung des Hotels zu unternehmen.
Es war noch angenehm warm draußen und Vicky holte sich nur eine leichte Jacke und dann traf sie ihre Männergruppe – mittlerweile waren es schon 12 – unten in der Lobby.

Sie schlenderten die wenigen Schritte zum Nil und im Geplauder merkten sie gar nicht, dass sie schon am Ende der Brücke direkt vor der Kairo-Oper standen. Der gegenüberliegende Park war noch geöffnet und ein Teil der Gruppe betrat gegen einen geringen Eintritt den weitläufigen Park. Vicky versicherte sich nochmals, dass sie auch den Heimweg finden würden und drückte dem ältesten der Gruppe eine Visitenkarte des Pharaohs-Hotels in die Hand.

Mit dem Rest der Gruppe überquerte sie den weiteren Weg auf der Zamalek-Insel bis zur weiteren großen Brücke über den breiteren Teil des Nils. Nach ungefähr 10 Minuten waren sie im Zentrum von *Kairo angekommen.*
Zur linken Hand gingen sie an dem Gebäude der Arabischen Liga vorbei und Vicky zeigte Ihnen nach wenigen Schritten auf der anderen Straßenseite die berühmte Mugamma - das Hauptverwaltungsgebäude in Ägypten.

Die Arabische Liga befindet sich direkt am großen Tahrir-Platz, der leider schon seit einigen Jahren eine einzige Baustelle ist.

In dieser Millionenstadt ist die im Bau befindliche Tiefgarage darunter bestimmt von vielen Menschen heiß ersehnt. Denn wenn am Nachmittag die Büros der Arabischen Liga schließen, ist ein Teil der Tahrirstr. in Richtung Brücke nach Dokki von den wartenden Limousinen und den dazugehörenden geduldig wartenden Chauffeuren komplett gesperrt.
Das weltbekannte Ägyptische Museum liegt nur ca. 100 m links von der Arabischen Liga ist aber seit Beginn der Baumaßnahmen nur schwer von der Tahrir-Straße aus zu erkennen.

Die kleine Gruppe schlenderte aber weiter Richtung Innenstadt und entdeckte auf der anderen Seite des Platzes Kentucky Fried Chicken sowie das ägyptische Hardees.
Plötzlich wollten alle nur noch eine schnelle Cola trinken.
Als sie aber auf der anderen Seite angekommen waren, entdeckten sie zwei typisch ägyptische Straßenkaffees und beschlossen spontan lieber dort noch etwas zu trinken und eine richtige Shisha auszuprobieren.
Vicky hatte zwar noch nie eine probiert empfahl aber sehr selbstsicher den hier üblichen Apfeltabak. (ihre Fachkenntnisse hatte sie von Omar übernommen, der Ab- und An zu Hause eine Shisha mit Apfeltabak rauchte)
Der Geschmack schien ihrer Gruppe zu gefallen und nach einigen leichteren Hustenanfällen kamen alle mit der Wasserpfeife klar.

Abidin der sich mit seinem Freund an Vickys Tisch gesetzt hatte, konnte sich ein Lachen nicht verkneifen, er hatte schon oft mit seinem Bruder und seinem Vater in Frankfurt eine Shisha zu Hause geraucht. Er war auch der Einzige der Herren der sich mit einem starken süßen Tee zufrieden gab.

Sie verbrachten fast eine Stunde in diesem Cafe und Vicky schlug vor, den Heimweg mit einer Taxe anzutreten. Nachdem sie schon die Herren – mangels ägyptischer Pfund – zu den Getränken und der Shisha eingeladen hatte, war es ihr auch schon egal, die Taxikosten noch zu übernehmen.

Alle waren begeistert, dass man in Kairo nur auf die Straße zu treten brauchte und schon nach wenigen Minuten eine Taxe nach der anderen vorbeikam. In drei Taxen fuhren sie die kurze Strecke für jeweils 5 Pfund, das sind insgesamt noch keine 3 € zurück zum Hotel.
Vicky verabschiedete sich recht schnell und eilte nach oben auf ihr Zimmer.

Der nächste Morgen begann mit einem ausführlichen Frühstück und nach und nach trafen alle Herren mehr oder weniger ausgeschlafen im Restaurant im Erdgeschoss ein.
Vicky hatte schon von ihrem Zimmer aus mit der örtlichen Polizeigruppe telefoniert und für den übernächsten Tag den ersten Besuchstermin bestätigt.

Für den ersten Besuchstag hatte sie eine kleine Stadtrundfahrt mit einem bereits vor dem Hotel wartenden Bus organisiert. Zunächst wollten Sie zu den Pyramiden hinaus nach Giza fahren und anschließend das Pharaonische Dorf von Dr. Ragab auf einer kleinen Insel im Nil besuchen.

Für den Nachmittag hatte sie noch einen Besuch der Zitadelle und dem anschließenden kleinen Palastmuseum eingeplant. Von der Zitadelle aus, hatte man einen weiten Blick über die Altstadt von Kairo und man konnte von oben einen kleinen Einblick in die sehr oft von NAGIB MAHFOUS beschriebene Gegend von Alt-Kairo gewinnen.

Vicky konnte sich nur wundern wie kompliziert es war eine Gruppe von Männern einzusammeln um in einen Bus zu steigen. Die gestrigen Alkoholseligen waren auch schon fast munter,und stiegen recht schweigsam in den Bus ein.

Schon nach wenigen Minuten im Berufsverkehr von Kairo waren alle mehr oder weniger erstaunt, wie eine solch große Stadt mit so wenigen Ampeln und Verkehrszeichen auskommen konnte.
Vicky hatte für alle Teilnehmer im Hotel ausreichend Wasserflaschen geordert, und teilte ihnen nun mit, dass sich

jeder beim Fahrer eine Flasche aus dem Kühlschrank nehmen
sollte.

Es war sehr windig und auf dem Plateau in Giza war es
angenehmer die Sonnenbrille aufzusetzen, damit keine
Sandkörnchen in die Augen kamen.
Die Gruppe war sichtlich beeindruckt und konnte gar nicht
genug fotografieren. Schon von Frankfurt aus hatte Vicky über
den hiesigen Vertreter des Reisebüros 15 Karten für den Besuch
der großen Pyramide reservieren lassen. Wie bei jeder anderen
Gruppe auch, gab es auch hier einige Gäste die unter Platzangst
litten und keinesfalls in die Tiefe der Pyramide vordringen
wollten.

Die anderen schauten sich in Ruhe auf dem Plateau um und
stellten sich nach der Regie eines ägyptischen Aufsehers in einer
bestimmten Entfernung und Winkel zur Sphinx auf. Die hier
gefertigten Fotos zeigten die Besucher wie sie zärtlich der Sphinx
den Kopf kraulten oder wie sie den Arm um ihren Hals legten.
Gegen ein kleines Trinkgeld hatten sie hiermit einige der
begehrten Touristenfotos, die ihnen sicherlich zu Hause in
Frankfurt ein wenig lächerlich vorkommen würden.

Auch die Pyramidenbesucher kamen langsam verschwitzt aber
ungeheuer beeindruckt zum Treffpunkt vor der Mykerinos-
Pyramide – der kleinsten Pyramide.
Ein in geringer Entfernung stehender alter Mann verkaufte
ihnen für einen deutlich erhöhten Preis gut gekühlte Cola und
Wasser.
Und nach einer Erholungspause gingen sie außergewöhnlich still
zum Bus zurück.

Die Fahrt zum pharaonischen Dorf war nicht sehr lange und die
Gruppe wurde wieder wesentlich lebhafter als sie in kleinen
Booten die vorgegebene Strecke des Freiluftmuseums entlang
fuhren.

An den einzelnen Stationen wurden viele tägliche Arbeiten und Lebenssituationen aus dem alten Ägypten nachgestellt.
Am Ende der Rundfahrt konnte man die Boote verlassen und einzelne Häuser und kleine Tempel besichtigen.

Im Restaurant des pharaonischen Dorfes erholten sie sich von all dem bisher gesehenen und schauten aus dem Fenster zu, wie zwei ältere Frauen vor einem aus Lehm errichteten Backofen die großen nubischen Fladenbrote *Shade auf einem Blech ausbreiteten. Über Feuer welches mit Kamel- oder Kuhmist, wie früher und auch heute noch auf dem Land üblich, angeheizt wurde konnten die Brote immer frisch zum Essen serviert werden.*

Nach einer ausgiebigen Pause wurden auch die in der Nähe des Restaurants gelegenen Souvenir-Shops besucht. Kaum einer der Gruppe konnte hier widerstehen. Auch Vicky musste hier ein Buch über das Dorf und die Papyrusherstellung kaufen.
Dr. Ragab der Gründer dieses Museums, hatte vor vielen Jahren die Kunst der Papyrusherstellung wieder belebt und alle echten Papyri
die heute in Ägypten verkauft werden, sind nach der Methode des Dr. Ragab hergestellt.

Vicky war sehr erstaunt darüber, dass alle oder besser gesagt fast alle Mitglieder ihrer Gruppe vom bisherigen Verlauf des ersten Tages begeistert waren. Nur die beiden Alkohol-Leichen des Vortages waren am bisherigen Programm in keiner Weise interessiert.
Sie beschloss die beiden im Bus darauf anzusprechen und nach ihren eigenen Interessen zu befragen.

Die Rückfahrt mit den Fährbooten zum Eingangsbereich des Freiluftmuseums verlief sehr lautstark, denn zu Vickys Erstaunen mussten auch Männer sich gegenseitig ihre Souvenir-Käufe zeigen.

Es war nun am frühen Nachmittag richtig warm geworden und die Kühle des klimatisierten Busses empfanden alle als sehr angenehm.
Abidin und sein Freund Olli suchten Vickys Nähe und dankten ihr für den bisherigen ersten Tag. Olli überreichte ihr leicht verlegen im Namen von beiden einen weißen leichten Schal, den er im Souvenirladen gerade erst erstanden hatte.

Nachdem alle ihre Plätze wieder eingenommen hatten und der Bus sich durch den Berufsverkehr des Nachmittags quälte, ging Vicky etwas unsicher zu den beiden Außenseitern.

Hallo, ich hoffe, der erste Tag hat Ihnen ein wenig gefallen. Wenn Sie besondere Wünsche für das Besuchsprogramm haben, scheuen Sie sich nicht und sagen Sie es mir. Sicherlich können wir das Programm noch abändern. Ich möchte, dass Sie alle diese Tage hier in Kairo und die Ausflüge genießen.

Mit einem mürrischen Blick schaute der jüngere der Beiden- ein Klaus wie er sich vorstellte, zu Vicky auf.

Na, wir sind weniger an Kultur interessiert, wir wollen was erleben, gibt es denn hier keine Bars oder Kneipen, wo man mal ein paar orientalische, heiße Frauen kennen lernen kann?

Genauso habe ich mir diese beiden Ekelpakete vorgestellt, schoss es Victoria durch den Kopf.

Sie können gerne am Abend in der Hotelbar schauen, ob Sie eine willige Touristin finden. Aber ich rate Ihnen dringend davon ab, einen Flirt oder was immer Sie sich auch ausgedacht haben, hier mit einer Ägypterin zu versuchen.
Wir befinden uns hier in einem muslimischen Land und ich denke die Frauen wie auch die Männer verstehen keinen Spaß wenn es um die Ehre von Frauen und Töchtern gehen sollte.
Ich darf Sie also bitten Ihre Wünsche und Vorstellungen in dieser Beziehung erst wieder in Frankfurt auszuleben. Dort werden die Frauen und jungen Mädchen Ihnen schon

unmissverständlich zu erkennen geben, ob sie bereit sind für Ihre Art von Vergnügungen.

Ich hoffe Sie haben mich verstanden, ich möchte hier keinesfalls Ärger haben. Und würde mich auch gerne in unserem Hotel noch öfter mit Gruppen einfinden.

Beide schauten sie superbeleidigt an und zogen es vor, sich mit dem Öffnen ihren Wasserflaschen zu beschäftigen.

Die Fahrt zog sich leider sehr in die Länge, da sie ganz Kairo durchqueren mussten. Aber der unbeschreibliche Ausblick von der Gartenanlage der Zitadelle begeisterte alle fotografierbegeisterten Männer.
Eine kleine Gruppe war am Besuch der Moschee interessiert aber den Museumspalast wollten alle dann doch unbedingt sehen.

Vicky hatte ihre Unterlagen sehr gut auswendig gelernt und konnte viele geschichtliche Erklärungen abgeben. Beim Rückweg saß sie sehr stolz im Bus und schlug spontan noch einen Besuch des Khan-el-Khalili des großen bekannten Basars vor. Sie wollte ihrer Gruppe unbedingt das bekannte Fishawi-Cafe zeigen.
Es war ein sehr altes beliebtes Cafe in der Altstadt von Kairo und bekannt dafür, dass an den Wänden große alte Spiegel hingen. Diese Spiegel hatten wunderschöne geschnitzte Rahmen und waren zum Teil schon sehr schmeichelnd für ältere Damen, da sie an vielen Stellen vom langjährigen putzen *etwas blind* waren.

Es gelang ihnen nicht zusammenhängende Plätze zu finden, da fast alle Plätze schon von Ägyptern und Touristen besetzt waren. Aber nach einigen flehentlichen Bitten von Vicky eilten 2 Kellner in Nachbar Cafes und liehen sich noch Stühle aus.

Nun probierten alle die obligatorischen Wasserpfeifen und tranken auch den starken süßen Tee dazu. Nur Vicky hatte ihr übliches Mirinda und danach einen Tee mit frischer Minze vor sich stehen.

Es war spät geworden und nach der Rückkehr ins Hotel wollte Vicky sich nur noch in ihr Zimmer zurückziehen.
Nach einer erfrischenden Dusche tat es ihr fast leid, die so liebevoll dekorierten Handtücher in Form zweier verliebter Schwäne zu trennen.
Erschöpft ließ sie sich auf ihr Bett fallen und griff nach der Fernbedienung. Sie hatte natürlich mit untrüglichem Zeitgefühl, die englische Sendezeit von Nile-International TV verpasst. Und den Nachrichten in französisch zu folgen war ihr einfach zu schwer.
Nach einem wilden rumgezappe in den Programmen fand sie einen arabischen Privatsender, der immer aktuelle Kinofilme in Originalsprache sendete.
Sie machte es sich gerade auf dem Bett bequem als das Handy auf dem Nachttisch spazieren ging.

Neugierig wer sie denn jetzt zu Beginn von WALKÜRE von Tom Cruise stören würde, griff sie zum Telefon.

Guten Abend Vicky, ich hoffe ich störe Dich nicht, bist Du gut angekommen und läuft alles gut mit Deiner Gruppe ? fragte Annika munter.

Hej, wie geht es Euch denn im kalten Frankfurt??
Ich hatte heute schon ein großes Besuchsprogramm in strahlendem Sonnenschein.
Aber sag, ich möchte morgen Nachmittag ein wenig einkaufen gehen, magst Du eine Handtasche und wenn ja welche Farbe und wie groß darf sie denn   sein ?
Ich kann auch gerne mal für eine Tasche als Überraschung für Deine Mutter schauen.
Und Bernd, was kann ich ihm den mitbringen ?

Ja, wenn Du unbedingt möchtest, eine Handtasche für meine
Mutter und mich wäre schon nicht schlecht. Ich trage diesen
Winter hauptsächlich braun und es kann gerne eine etwas
größere Tasche sein. Meine Mutter hat lieber eine normale Größe
und die Farbe ist eigentlich egal, aber Du weißt ja sie mag gerne
ganz weiches Leder.
Aber wenn Du mir ein paar kleine Tüten Chips mitbringst, bin
ich schon glücklich. Du weißt schon – Deine Lieblingssorte - die
ich bei Dir probiert habe.

Was machst Du denn noch heute Abend ? gehst Du aus oder
liegst Du mit müden Füßen auf dem Bett?

Die Füße sind zwar müde, aber ich habe noch keine Blasen. Ich
liege faul auf dem Bett und schaue mir gleich den neuen Film
mit Tom Cruise an, ich will ja gar nicht angeben, aber ich meine
den Film der erst nächstes Jahr ins Kino kommt.

Oh toll, dann kannst Du mir ja berichten ob es sich lohnt rein zu
gehen. Dann werde ich Dich jetzt nicht länger stören, ich
wünsche Dir eine tolle Zeit, grüße auch Deine Mutter und Omar
von uns.

Halt bevor Du einhängst, gib mir doch bitte noch die Anschrift
Deiner Eltern durch, denn außer Claudia Sommer ist mir nichts
mehr bekannt.

Danke und jetzt muss ich meinen Film schauen, machs gut,
wenn Du lieb bist bekommst du Chips und eine Karte.

Vicky hatte zum Glück nur wenige Minuten des Filmes
versäumt.

*Aber noch bevor die erste Chipstüte geleert war, schlief sie
inmitten der Kalorienbomben und den neu erworbenen Büchern
ein.*

*Beim Ruf zum ersten Morgengebet wurde sie wach und sah sich
die Bescherung auf ihrem Bett an. Überall waren Krümel und
ihr Handy hatte ein interessantes Muster auf ihrer linken
Wange hinterlassen. Vorsichtig hob sie die Bettdecke auf und
versuchte sie in der Badewanne zu entkrümeln. Es gelang ihr
nur zum Teil und der Rückweg zum Bett wurde von einem
leisen Knirschen untermalt.*

*O Gott wie peinlich war ihr erster Gedanke und der zweite
Gedanke war: jetzt muss ich nochmals ins Bad zurück und die
Füße abduschen und dann vorsichtig wieder ins Bett kriechen.
Keinesfalls darf ich vergessen, dem armen Zimmermädchen ein
Trinkgeld auf das Kopfkissen zu legen und einen kleinen Zettel
mit : Asef – Pardon darauf zu legen.*

*Aber dank der frühen Morgenstunde schlief sie mit frisch
geduschten Füßen noch einmal tief ein.*

*Kurz vor 8.oo Uhr stand sie endlich auf und eilte zur Dusche,
aber leider waren die Chipskrümel mittlerweile leicht
angeweicht am Wannenboden festgeklebt und entnervt beschloss
Vicky das Trinkgeld nochmals um 5 Pfund zu erhöhen.*

*Nach diesem missglückten Start in den Tag, konnte es doch
hoffentlich nur noch besser werden.*

*Wenigstens der Aufzug kam recht schnell aber Vicky überlegte
es sich anders und machte sich auf die Suche nach dem
Zimmermädchen – Aufenthalts – Putzmittel-Lagerraum.*

*Links von den beiden Aufzügen fand sie eine Tür ohne
Zimmernummer und klopfte vorsichtig an. Verwundert wurde
die Tür einen kleinen Spalt geöffnet und ein junges Mädchen
etwas jünger als Vicky stand mit einer Tasse dampfenden Tees
vor ihr.*

*Verlegen erklärte ihr Vicky das Chips-Unglück in ihrem Zimmer
und entschuldigte sich schon mal vorab. Lächelnd nickte das
junge Mädchen und erleichtert konnte Vicky nun nach unten zu
einem hoffentlich reichhaltigen Frühstück fahren.*

Das Frühstücksbuffet war liebevoll aufgebaut und Vicky steuerte zuerst zielsicher auf den Krug mit frisch eingefülltem Karkade. Jetzt noch eine Tasse Kaffee und die Welt war in Ordnung.

Als sie mit Tasse und Glas sich vorsichtig den Tischen näherte, winkte ihr Abidin schon munter zu.

Ich habe Dir schon eine kleine Auswahl an Kalorien mitgebracht, Du musst nur noch Platz nehmen und loslegen.

Vicky war positiv überrascht, jetzt musste sie Gott sei Dank nicht nochmals zurück und in der sich gerade enorm verlängerten Schlange anstellen.
Es war zwar nicht so ganz ihr Frühstücksgeschmack den er zusammengestellt hatte, aber auch Croissants mit vier verschiedenen Marmeladen konnten ihr die Gute Laune nicht verderben.
Nach und nach trafen alle Herren zum Teil noch sehr verschlafen aussehend ein, und nach einer halben Stunde versammelten sich alle in der Lobby und warteten auf den Bus.
Vicky kam als letzte hinzu, da sie noch schnell in ihrem Zimmer die Schuhe gewechselt hatte und verkündete zum Entsetzen Einzelner, dass man die wenigen Schritte zum Ägyptischen Museum zu einem morgendlichen Spaziergang nutzen könnte.

Vom Hotel aus waren es nur wenige Minuten bis zur ersten Brücke über den Nebenarm, wenn man es so nennen mag. Diese kleine Brücke führte zur Nilinsel Zamalek, und der Weg vorbei an der Oper und einem gegenüberliegenden großzügigen öffentlichen Park brachte sie zur zweiten allerdings wesentlich längeren Nilbrücke.
Hier standen nicht nur abends sondern auch schon in den frühen Morgenstunden verliebte Paare, die sich intensiv unterhaltend verstohlen die Hände hielten.
Gleich nach der Brücke spazierten sie am Gebäude der Arabischen Liga vorbei und bogen am Tahrir-Platz, kurz vor der

schon jahrelang andauernden Baustelle einer Tiefgarage, nach links ein und konnten schon das altehrwürdige Museum erkennen.

Nach ungefähr 20 Minuten standen alle vor dem großen schmiedeeisernen Tor des Museums und traten einzeln in den kleinen Raum, wo die mitgebrachten Fototaschen u.a. durchleuchtet wurden.
Das Museum beherbergt mehr als 250.000 Ausstellungsstücke, welche zum Teil in Abständen ausgewechselt werden. Jedoch eine unendlich große Anzahl von Stücken lagern schon seit vielen Jahren in den Kellern des Museums.
Im Garten des Museums in der Nähe der Büsten der berühmtesten Archäologen steht schon seit einigen Monaten ein fahrbares Röntgenmobil der Firma Siemens. Hier beginnt man bereits mit der genauen Untersuchung aller im Keller gelagerter Schätze um sie in einer genauen Inventurliste zu erfassen.
Die Umsiedlungspläne für den Umzug des Museums aus der Innenstadt zu dem Pyramidenplateau sind schon in vollem Gange.

Vicky war als erste durch die Personenkontrolle geeilt und war gerade dabei die Eintrittskarten zu lösen, als der letzte der Gruppe sich zu einem ersten Foto vor dem kleinen Seerosen oder waren es Lotusblütenteich versammelten.
Da sie noch recht früh eingetroffen waren, die Reisebusse vom Roten Meer kommend waren noch unterwegs, empfahl Vicky zunächst in den ersten Stock zu gehen um in Ruhe den Grabschatz von Tut-ench-Amun mit seinen beiden Sarkophagen der Goldmaske und den unendlich vielen Fundstücken und danach die vergoldeten hölzernen Grabkammerschreine anzusehen.

Auch die kaum an Geschichte Interessierten der Gruppe konnten ihre Bewunderung kaum formulieren.

Für Vicky war aber jedes Mal wieder der Blick auf die Haarsträhne, die von der Großmutter des sehr jung verstorbenen Pharaohs als letzter Gruß mit ins Grab gelegt wurde, ein trauriger und sentimentaler Moment. Denn hier wurde ihr klar, dass es sich nicht nur um einen bedeutenden geschichtlichen Fund handelte, sondern dass ein junger Mensch von seinen Angehörigen betrauert wurde.

So langsam füllte sich das Museum und es schwirrte nur so von Stimmen in allen bekannten Weltsprachen.
Die Gruppe aus Frankfurt verzog sich in den gesondert zu begleichenden Mumiensaal und Vicky platzte danach fast vor Stolz, dass die Mitglieder ihrer Gruppe sehr leise und andächtig die verstorbenen Pharaonen besuchten. Obwohl auch die Museumsaufseher hier immer wieder die Besucher zur Ruhe aufforderten, kam es doch ständig vor, dass gerade die Besucher, die schon eine Anreise von Hurghada oder Sharm-el-Sheich hinter sich hatten und auch im Bus nicht auf den gewohnten Wodka ihrer Heimat verzichten wollten oder konnten, sich lautstark und lachend in diesem Raum bewegten.

Sie hatten Glück und konnten die erst seit einigen Wochen hier aufgebahrte Mumie der großen Pharaonin Hatschepsut anschauen.
Ein an einer Säule unmittelbar neben dem gläsernen Sarkophag angebrachten Mitteilung konnten sie entnehmen, dass erst vor kurzem die endgültige Identität der Mumie durch einen in einem Kanopengefäß im Grab 60 KV (King Valley – Tal der Könige in Luxor) aufgefundenen Zahn, zu über 90 % bestätigt werden konnte.
Das Grab 60 im Tal der Könige ist das Grab der Amme von Hatschepsut der Sit-Ra. Man hatte die Mumie der Hatschepsut dorthin bereits in der Antike umgebettet. Im Jahre 1903 wurde dieses Grab von H. Carter entdeckt.
Das eigentliche Grab der großen Pharaon in KV 20 wurde bereits 1824 versucht freizulegen.

Der Besuch des Museums und der anschließende Souvenir-oder Broschürenkauf in den beiden Museumsshops hatte den ganzen Vormittag gedauert.
Erschöpft beschlossen sie gemeinsam bei Kentucky Fried Chicken eine kleine Erholungspause einzulegen.

Brav wie eine Schulklasse ihrer Lehrerin, folgten sie Vicky über den Tahrir-Platz und ließen sich völlig erledigt in die Sitze fallen. Einige Mutige probierten einen Super Spicy Chickenteller und die restlichen Hungrigen griffen auf das altbekannte Kentucky-Angebot zurück.
Einige Meter neben dem Schnellrestaurant befinden sich zwei Straßencafes in denen man auch Shisha rauchen kann, und Vicky verstand dass man eine Gruppe Männer nicht unbedingt in ein altes Cafehaus nach europäischem Stil bringen sollte und verzichtete auf den Besuch bei Groppi (ihrem Lieblingscafe mit traumhaft kalorienreichen Torten).

Vicky saß bei einem Glas Pfefferminztee geduldig an ihrem Tisch und wartete bis auch die letzte Shisha fertig geraucht war.

Erholt von der ausgiebigen Pause stürzten sich Vicky und ihre Gruppe dann ins Einkaufsparadies der Talat-Harb-Straße. Die sonst für Shopping nicht gerade zu begeisternden Herren waren fasziniert von den vielen Schuhgeschäften mit den wirklich günstigen Angeboten an Turnschuhen. Und hierbei handelte es sich nicht um billige Nachahmerprodukte.
Mit vielen Tüten beladen schlenderten sie weiter in ein kleineres Einkaufszentrum und fanden auch hier noch preiswerte Pullover

und Hemden. Vicky war etwas enttäuscht, dass sie für sich selbst kaum Zeit fand etwas einzukaufen.

Na gut, dann würde sie dies an den Tagen erledigen, wenn die Gewerkschaftsherren zu ihren Besuchen bei verschiedenen Polizeistellen unterwegs waren.

Bepackt und erschöpft besuchte die ganze Gruppe noch ein großes etwas nüchtern möbliertes Cafe in unmittelbarer Nähe des Einkaufszentrums. Hier verkündeten die ersten sportlichen Mitglieder, dass für den Heimweg jetzt doch eine Taxe ganz angebracht erschien. Vicky war sofort einverstanden, denn auch sie hatte keine Lust jetzt den ganzen Weg zum Hotel zurück zu laufen.

So traten sie dann auf die Straße – und wenn es irgendwo auf der Welt ganz einfach ist eine Taxe zu finden – dann ist es sicherlich in Kairo. Vicky verhandelte mit den Fahrern und handelte den Preis aus. Sie selbst stieg dann in das letzte Taxi ein und fuhr zusammen mit Abidin und seinem Freund oder Kollegen zurück ins Hotel.

Die anderen warteten schon in der Lobby und man vereinbarte, sich erst wieder am frühen Abend hier zu treffen.

Vicky nahm eine heiße Dusche und packte dann die doch noch erstandenen Kleinigkeiten, bestehend aus jeder Menge Wimperntusche.   Lidschattenpuder,   Kajalstiften   und Nagelackflaschen in allen möglichen Brauntönen auf dem Bett aus.

Glücklich einen derart günstigen Einkauf gemacht zu haben rief sie, mit der linken Hand an der Fernbedienung herum drückend mit der rechten Hand ihre Mutter in Assuan an. Da war wie üblich mal wieder besetzt – wahrscheinlich quatscht die wieder stundenlang mit ihren Enkelkindern murmelte sie leise vor sich hin und widmete sich dem Film, der allerdings kurz darauf schon von den Nachrichten abgelöst wurde.

Das Ende der Nachrichten hörte sie schon nicht mehr, die Decke zog sie noch leicht über sich und dann war sie auch schon eingeschlafen.

Das Läuten des Telefons riss Vicky aus einem wunderschönen Traum, der sie in eine Konditorei mit vielen verschiedenen Torten und Kuchen entführt hatte.

Hallo, murmelte sie noch verschlafen.

*Hallo Du Schlafmütze, Deine Männer sind am verhungern – kommst Du mit oder sollen wir alleine losziehen ?,*fragte Abidin mit einer entsetzlich munteren Stimme.

Gib mir 10 Minuten, dann bin ich unten.

Auf dem Weg zum Aufzug hörte Vicky aus dem kleinen Raum, der für das Reinigungspersonal als Lagerraum und Aufenthaltsraum für eine kleine Teepause diente, ein leises Weinen.
Neugierig und zugleich verlegen öffnete sie die nur angelehnte Tür und sah das Etagenzimmermädchen – Shirin – zusammengekauert in der Ecke des kleinen Raumes sitzen.

Halb englisch halb arabisch vermischt mit viel deutsch fragte sie, was denn passiert sei und ob sie ihr helfen könne.
Wahrscheinlich hat sie einen Anpfiff von ihrer Chefin erhalten oder ein Gast hat sich beschwert oder war unzufrieden mit ihr.
Shirin konnte sich kaum beruhigen und soviel Vicky verstand war etwas Schreckliches mit dem Herrn aus Zimmer 512 passiert.

Das war doch einer aus ihrer Gruppe – vielleicht hatte er einen Unfall oder war er es der sich beschwert hatte ??

Nach einem kurzen Moment des Überlegens rief sie an der Rezeption an und ließ ausrichten, dass sie nicht an dem Abendessen mit den anderen teilnehmen würde.
Kurz entschlossen holte sie aus ihrem Zimmer das Handy und rief ihre Mutter an. Na endlich war die Leitung frei. Im Telegrammstil berichtete sie Franziska was geschehen war und

bat um Übersetzungshilfe, was denn mit dem Herrn aus 512
passiert war.

Shirin wollte zunächst nicht ans Telefon kommen, nahm dann
aber doch den Hörer und unter Schluchzen berichtete sie das
Geschehene.
Nach einer gefühlten Unendlichkeit übernahm Vicky wieder das
Handy und erfuhr von ihrer Mutter die ganze Geschichte.

Der einzige Mann ihrer Truppe, der nicht zur Gewerkschaft
gehörte, hatte nur durch einen freigewordenen Platz seinen
Freund begleiten können, und dieses Musterexemplar von einem
Mann musste immer wieder Ärger bereiten. Schon beim
Abflug.....

Nach dem heutigen Ausflug zogen sich alle Gruppenmitglieder
auf ihre Zimmer zu einer kleinen Pause zurück – so auch Klaus .

*Im Flur vor seinem Zimmer muss ihm dann Shirin begegnet
sein, die er unter einem Vorwand in sein Zimmer bat.*

*Hier war er zunächst sehr nett und gab ihr ein üppiges Trinkgeld
und bot ihr auch ein Getränk an, als sie dieses ablehnte wurde er
sofort zudringlich.*
Kurz gesagt: er hat sie geschlagen und dann vergewaltigt.
Jetzt ist sie völlig verzweifelt und weiß nicht was sie tun soll.
*Sie kann nicht zur Polizei gehen, denn dann erfährt ihre Familie
davon – außerdem ist sie verlobt und sie ist sich nicht sicher ob
ihr Verlobter dann nicht die Verbindung löst. Aber er wird es ja
spätestens in der Hochzeitsnacht merken – dass sie keine
Jungfrau mehr ist, und dann ist der Skandal noch größer.*
*Sie wollte in 2 Monaten heiraten. Außerdem war ihre Familie
schon immer dagegen, dass sie in einem Hotel arbeitet.*

*Hör zu, Du gibst sie mir noch mal und ich werde sie beruhigen.
Dann werde ich mit Omar reden und ihn fragen was man da
machen kann. Den Knaben werden wir uns dann heute Abend*

noch vornehmen. Der kommt nicht ungestraft davon – glaub mir, aber das Wichtigste ist, dem Mädchen muss geholfen werden.

Ich ruf' Dich später nochmals an, halt also die Leitung frei und nimm die Kleine in den Arm. Sie soll auf keinen Fall was sagen, Omar kann bestimmt helfen. Bis später dann....

Marianne drückte das zarte rosafarbene Taschentuch fest auf die blutende Stelle an ihrem linken Knie. Sie war auf dem Weg zu ihrer täglichen Arbeit – dem Ziegen hüten – über eine Vertiefung im Boden gestolpert und hatte sich das Knie aufgeschlagen.
Gott sei Dank, hatte sie erst vor einem Jahr ihre Tetanusimpfung auffrischen lassen. Und nun saß sie die Tränen nur schwer zurückhaltend in dieser gottverlassenen Gegend und hielt das letzte Stück Verbindung zu ihrem früheren Leben gegen die schmerzende Wunde.
Wie konnte es nur soweit kommen?

Das zarte Taschentuch war zu klein, um einen notdürftigen Verband daraus zu fertigen und mit dieser Wunde wollte und konnte sie nicht weiter mit diesen verstaubten Tieren herumlaufen.
So sammelte sie einige kleinere Steine aus ihrer Umgebung auf und jedes Mal wenn sich eines der Tiere etwas weiter entfernen sollte, warf sie mit einer guten Trefferquote nach dem Ausreisser.

Warum war sie denn nicht schon die ganze Zeit auf diese geniale Idee gekommen !

Sie öffnete langsam die alte Plastikflasche und opferte einen kleinen Schluck Trinkwasser für die Reinigung der Wunde. Dann suchte sie sich einen schattigen Platz vor einem wildverwucherten unbekannten Busch oder Strauch und legte ihr verletztes Bein auf ihrem Rucksack ab.
Wenn sie wenigstens etwas zum Lesen dabei hätte, aber dieses stumpfsinnige Herumsitzen hatte etwas Einschläferndes an sich. Nach kurzer Zeit sank ihr Kopf nach vorne und sie fiel in einen leichten traumlosen Schlaf, bis sie ein leichtes Kribbeln an der Wunde verspürte und müde und von der Sonne geblendet die Augen etwas öffnete. Ihr Herz drohte stillzustehen – da krabbelte doch wohlig entspannt ein vielleicht 8 cm großer dunkler, fast schwarzer Skorpion über das Knie.
Der erste Gedanke war – schreiend aufzuspringen und weit weg zu laufen – den sie aber schnell wieder verwarf.
Wenn sie jetzt den Skorpion verschreckte, kam der bestimmt auf die Idee und hinterließ ihr ein Souvenir in Form eines Stiches.

Welcher Skorpion war denn nun giftig - die hellen fast durchsichtigen Sorten oder die dunklen ?

Oh mein Gott, wo bin ich denn hier nur hingeraten ?

In ihrer Not kam sie auf die Idee, den Skorpion von oben leicht anzupusten – und siehe da, der empfand das als nicht sehr angenehm (oder lag das etwa an ihrem **frischen Atem ?**) mit schnellen Bewegungen krabbelte er von ihrem Bein herunter und verschwand unter dem Busch in den kühlenden Schatten. Mariannes Herz schlug wie wild und sie konnte sich nur schwer beruhigen. Dieses Erlebnis hatte ausgereicht und sie versprach sich selbst bis zum späten Nachmittag keinesfalls mehr einzuschlafen.
Sie ließ die letzten Wochen in ihrem alten Leben Revue passieren, und erinnerte sich an die ungeliebte Kollegin „ Franziska „.

Sie war nur wenige Jahre jünger als sie, und hatte erst vor nicht
allzu langer Zeit einen „Ägypter" geheiratet. Noch dazu einen
ganz dunklen Typen.
Wie konnte die nur – und jetzt hatten die sich sogar in diesem
unwirtlichen Land eine Wohnung zugelegt. Nie konnte sie sich
vorstellen hier freiwillig zu leben – aber wenn sie es jetzt ja
richtig betrachtete....

*....eine schöne gepflegte Wohnung mit Bad und einer richtigen
Küche, weichen Betten und normalen Tischen und Stühlen,
vielleicht sogar ein Fernsehgerät - ja das würde sie mit ihrem
jetzigen Leben sofort eintauschen.*

Was würde denn passieren, wenn sie sich drei oder vier von
diesen staubigen Ziegen schnappen würde und in Richtung
dieser Felsengruppe im (wahrscheinlich) Norden aufmachen
würde ?
Hätte sie denn eine Chance dort auf irgend Jemanden zu treffen,
der ihr helfen konnte wieder nach Hause zu kommen?
Etwas orientierungslos schaute sich Marianne gründlich um.

Im weiter nördlich liegenden Felsengebiet musste doch dieses
KATHARINENKLOSTER und der MOSESBERG liegen.
Da kamen doch immer Touristengruppen vorbei.
Südlich, östlich wie auch westlich konnte sie nur die unendliche
Weite erkennen.

Wenn sie es wirklich schaffen wollte, musste ein solches
Unternehmen gründlich durchdacht und geplant werden. Wie
konnte sie es schaffen, genug Wasser und Nahrung zu sammeln,
um einige Tage Wanderschaft zu überstehen ?

Datteln konnte sie von den täglichen Mahlzeiten abzweigen und
sammeln, weiterhin hatten sie den Vorteil man konnte sie auch
lange aufheben.
Wasser – dieser Punkt war schon schwieriger. Sie hatte nur
diese eine alte Plastikflasche. Heute Abend wollte sie versuchen
eine weitere Flasche zu erhalten. Sie musste die Flasche vom

heutigen Tag irgendwo gut verstecken. Aber unter der weiten Galabiya musste es doch möglich sein, sich die Flasche in den Ärmel zu stopfen. Nach mehreren Versuchen gelang es ihr den Arm derart gerade zu halten, dass es nicht so schnell auffiel.

Brot konnte sie zwar für einen oder zwei Tage mitnehmen, aber dann war es nicht mehr zum Kauen, sondern nur noch zum Einweichen in warme Getränke geeignet.
Weiterhin müsste sie schon wissen für wie viele Tage der Vorrat reichen sollte.

Die Sinai-Halbinsel war groß aber wie groß konnte sie sich nicht im Geringsten vorstellen.
Sollte sie es wirklich wagen, sich alleine auf den Weg oder besser gesagt auf die Flucht zu machen? Oder wäre es angebrachter, die Geduld aufzubringen und auf die ersehnte Rettung zu warten?
Vermisste sie denn kein Mensch   - warum war sie denn noch nicht gefunden worden ??

Sie wollte auf keinen Fall nur noch grübeln, nein sie musste in die Zukunft planen.
Von heute ab würde sie Vorräte anlegen und in ihrem Gepäck verstecken.
Der Nachmittag kam recht schnell und sie machte sich langsam auf den Weg, um noch vor Einbruch der Dunkelheit im Lager ihrer Beduinenfamilie anzukommen.
Man vertraute ihr inzwischen so sehr, dass sie die Ziegenherde auch alleine heil nach Hause bringen würde, dass ihr Selbstbewusstsein wuchs und sie sich vorstellen konnte, alleine die Flucht zu wagen.

Wenn die doch wenigstens ein wenig Deutsch könnten, wäre es doch ein leichtes zu erfahren, wie man einen Brunnen hier in der Gegend finden könnte. Oder besser noch wie weit es zum KATHARINENKLOSTER oder dem in nicht so großer Entfernung liegenden Urlaubszentrum wäre. Aber rechneten die hier denn überhaupt in Kilometern oder rechneten die hier noch in Tagesentfernungen?

Mit einem lauten *Jallah imschi* (dies hatte sie von dem kleinen Jungen übernommen, der sie bisher immer abgeholt hatte) brachte Marianne ihre Herde auf Trab.

Omar nahm die beiden Reisetaschen aus dem Wandschrank und Franziska legte die Kleidungsstapel bereit. Es war noch ein wenig Zeit für einen Tee und Omars Cousin Adel hatte versprochen sie zum Bahnhof zu fahren.
Hoffentlich bekommen wir noch Plätze im Schlafwagen – ich möchte nicht die ganze Nacht auf einem Sitzplatz verbringen, jammerte Franziska schon einmal vorbeugend.

Ich denke um diese Jahreszeit haben wir gute Chancen in bequemen Betten die Nacht zu verbringen, tröstete Omar aus dem Flur kommend.

Es klopfte und Adel kam hereinspaziert ∶ *Ich bringe die Taschen schon mal in den Wagen, ihr kommt hoffentlich auch gleich, damit ihr noch Zeit genug habt die Karten zu besorgen.*

Franziska nahm ihre neue warme dunkellila Strickjacke, die sie von ihrer großen Tochter kurz vor der Abreise erst als Weihnachtsgeschenk erhalten hatte aus dem Schrank und eilte zu den wartenden Männern hinaus.

Am Bahnhof war schon ein großer Andrang auf den Nachtzug nach Kairo und Omar verschwand am Fahrkartenschalter, Franziska achtete auf das Gepäck und Adel besorgte noch ein paar Süßigkeiten und die von Franziska geliebten Dosen mit Mirinda-Karkade.

Lachend kam Omar auf die beiden zu und zeigte mit einem Kopfnicken an, dass er noch Schlafwagenplätze erhalten hatte.
Es blieb nur noch wenig Zeit für ein paar Abschiedsworte und dann fuhr der Zug schon in den Bahnhof ein.

Das Schlafwagenabteil war nicht sehr geräumig, aber die wenigen Gepäckstücke waren schnell unter dem untersten Bett verstaut.
Franziska beschloss das unterste Bett zu belegen, denn sie hatte eine panische Angst davor, versehentlich im Schlaf aus dem oberen Bett zu fallen.
Sie lagen noch einige Zeit plaudernd auf ihren Betten, aber das eintönige Rattern des Zuges hatte eine stark einschläfernde Wirkung. Noch lange vor Kom Ombo war Franziska tief eingeschlafen.

Obwohl der Nachtzug auf der Strecke nach Kairo oft hält, das Stimmengemurmel an den Bahnhöfen und das jeweilige Abpfeifen des Zuges deutlich überall zu hören ist – schlief Franziska die ganze Fahrt hindurch. Erst das Klopfen des Schlafwagenschaffners und der Duft des Kaffees auf dem Frühstückstablett weckten ihre Lebensgeister ein wenig.
Omar klappte das obere Bett wieder zurück in die Wand und nahm neben ihr auf dem Bett Platz wo sie verschlafen ihren Kaffee trank.

Langsam kam Kairo näher und Franziska musste sich beeilen um halbwegs restauriert aus dem Zug zu steigen.

Nach dem Gedränge im Bahnhof waren sie froh in einer Taxe zu sitzen und entspannt zum Pharaohs Hotel zu fahren.

Es war noch früh am Morgen und im Hotel tranken sie noch einmal einen starken Kaffee und weckten dann Vicky telefonisch.
Omar hatte noch ein Zimmer für drei Nächte buchen können und Franziska eilte in den 7.ten Stock um eine ausführliche Dusche zu nehmen.
Putzmunter trat sie eine halbe Stunde später ihrer noch halb im Paradies befindlichen Tochter gegenüber.
Nachdem sie ein kurzes aber informatives Gespräch über die Situation der jungen Shirin hatten, versprach Franziska

zusammen mit Omar eine akzeptable Lösung für das junge
Mädchen zu finden.

*Du musst mir die Kleine zeigen, damit wir später mit ihr in
einem Cafe oder in einem Park über alles sprechen können. Und
dann wird sich Omar den Herrn einmal vorknöpfen.*
*Sag bitte noch nichts – ich denke heute Abend wissen wir schon
mehr – und dann kannst Du uns ja mit ihm bekannt machen.*

*Wusstest Du, dass in Ägypten Vergewaltigung mit der
Todesstrafe bestraft wird ?*
*Das Problem ist nur, dann hat auch die kleine Shirin, keine
Chance mehr in ihrer Familie und besonders in der Familie ihres
Freundes Rückhalt zu finden. Die Hochzeit kann sie dann
vergessen- besonders wenn es bekannt wird.*

Welche Pläne haben denn Deine Männer heute ?

*Meine Jungs gehen heute schon in der Frühe zur Polizeischule –
in einem Randbezirk in der Nähe des Flughafens. Dort sollen sie
mal zeigen, ob sie wirklich so sportlich sind wie sie alle schon seit
Tagen erzählen*
*Sie werden dort herumgeführt und können ein wenig
mittrainieren.*
*Danach erhalten sie ein Mittagessen und am Nachmittag
besuchen sie eine normale Polizeistation hier in Kairo.*
*Ich denke, dass die Gruppe so gegen 19:00 Uhr wieder hier im
Hotel ist.*

*Das reicht uns vollkommen. Nun geh mal Deine Herren
verabschieden und setze alle brav in den Polizeibus.*

*Halt Mama, ich hab ja ganz vergessen, dieser KLAUS ist ja gar
kein Gewerkschaftsmitglied – also kein Polizist. Ich muss mir
mal überlegen was der Knabe heute unternehmen kann. Am
besten ich rufe ihn gleich mal an.*

Mach das Schatz, und ich suche jetzt die kleine Shirin und vor allem meinen Mann denn ohne ihn reicht mein Arabisch nicht so weit.

Franziska fand Omar unter der Dusche und er versprach in spätestens einer halben Stunde einsatzfähig mit ihr durch die Gänge der Etagen zu gehen auf der Suche nach Shirin.

Gedankenverloren schaute sie auf den kleinen Seestern, der einen Ehrenplatz auf ihrem Schreibtisch einnahm.
Christine sah noch immer diese blitzenden Augen vor sich und ertappte sich dabei, dass ihre Gedanken in den letzten beiden Tagen sehr oft zu diesem charmanten Polizeichef im Sinai wanderten.
Bei ihrem kleinen Ausflug mit dem neuen Hotelschiff (oder war das noch ein großes Boot ?) egal was auch immer, es waren ein paar unbeschwerte Stunden in dieser noch sommerlichen Umgebung mit zwei sehr charmanten, interessanten Männern gewesen.

Mansour hatte ihr beim runterklettern auf die Anlegestelle geholfen und ihr dort zur Erinnerung den Seestern in die Hand gedrückt.

Was hatte dieser Mann nur für tiefbraune Augen !

Liebe Christine Du kannst doch nicht ohne einen wirklich gut klingenden Grund dort anrufen !!

Hilfe in ihrem Alter sollte sie doch wirklich etwas realistischer sein.

Sie hatte diesen zugegeben wirklich gut aussehenden Polizisten zweimal kurz gesehen. Auf dem Schiff war er sehr höflich und gastfreundlich gewesen. Aber schließlich wollte seine Behörde sicherlich einen schnellen Abschluss dieser unerfreulichen Geschichte mit dieser ertrunkenen Deutschen.
Warum hatte sie ihm und dem Hotelmanager nur keine Karte von sich gegeben?

Der war doch bestimmt verheiratet – und der Nachmittag auf dem Wasser – na ja das war für die beiden eine nette Abwechslung gewesen und die hatten es schon längst vergessen.

Frustriert wand sie sich dem Postberg zu, der auf der Ecke des Schreibtisches auf Durchsicht wartete.
Mit welch banalen Problemen doch die Leute sich an die Deutsche Botschaft wandten. Waren wir denn für Alles und Jeden zuständig?
Lustlos las sie ein nach dem anderen Schriftstück durch und zeichnete mit ihrem Namenskürzel ab.
Ja wie nett, da kamen doch schon die ersten Weihnachtskarten von den lieben Kollegen auf Heimaturlaub.
Sie fühlte sich wohl in Kairo, und mit ihrer Wohnung in Zamalek und deren Lage war sie wirklich zufrieden. Im Kollegenkreis hatte sie ein paar Kolleginnen mit denen sie Hin- und Wieder ihre Freizeit verbrachte. Sie hatte auch zwei ägyptische Ehepaare in ihrem Freundeskreis. Aber es gab doch immer wieder Abende die sehr lange, einsam und eintönig waren.

Eine feste Partnerschaft hatte sie vor drei Jahren beendet. Er war zu sehr mit sich und seinen Hobbys beschäftigt und Christine fühlte sich schon einige Zeit nicht mehr verstanden und geborgen in der Beziehung.
Sie wünschte sich das, was sich doch jede Frau wirklich wünscht: Einen Mann, Freund, oder Partner der es verstand ihr Geborgenheit, Liebe und Aufmerksamkeit zu geben.
Und wo waren diese SUPERMÄNNER im täglichen Leben ?

Sollte dieser geheimnisvolle orientalische Mann ihr dies alles geben können?
Bestimmt war er auch nur ein Macho, der sich zu Hause bedienen ließ. Draußen war er der tolle, zuvorkommende Held. Aber im Kreise seiner Familie war er da auch noch charmant, fürsorglich, verflixt männlich ?

Wenn sie noch weiter in Gedanken so abwesend war, konnte sie diesen blöden Postberg noch einmal durchschauen.
Na gut, dann sortiere ich erst mal die „neidisch" machenden Urlaubskarten heraus, vielleicht ist es ja dann schon weniger.

Deutschland im Schnee, vier Karten mit den winterlichsten Motiven aus Bayern, Sylt und Berlin.   DANKE SCHÖN, es ist doch toll zu arbeiten wenn die anderen in Deutschland shoppen gehen können.
Eine bunte Karte vom Roten Meer – na wer war denn da nur bis Hurghada gekommen ?

WOW, das gab´s doch gar nicht. Der Hotelmanager aus Sharm-el-Sheich hatte ihr ein paar Grüße geschickt. Und nun kam´s ⁚ er lud sie ein, demnächst mal ein Wochenende in seinem Hotel zu verbringen.
Schei…, war ihr erster Gedanke, ich bin Mitarbeiterin einer deutschen Auslandsvertretung – da gibt´s nix mit solchen Geschenken.
Aber warum eigentlich nicht, so teuer konnte es ja wohl nicht sein, und als Mitarbeiterin im konsularischen Dienst, verdiente man bei Auslandseinsätzen nicht schlecht.

Sie ging ins Nebenzimmer ihres „urlaubenden" Kollegen und zog sich nochmals die Akte dieser Ertrunkenen. Irgendwo dort war doch die Telefonnummer des Hotels.

Jetzt galt es allen Mut zusammen zu nehmen und einfach anzurufen. Ganz locker – und dann musste sie nur noch Glück haben, dass nächstes Wochenende ein Zimmer frei war. Jetzt mussten eben auch die anderen einmal für sie zurücktreten.

Wenn sie freitags eine frühe Maschine bekam, konnte sie mittags schon am Strand sein. Da war es doch bestimmt möglich, einen kleinen Besuch im Polizeibüro zu machen. Sie würde den beiden irgendetwas typisch „Deutsches" mitbringen.
Dafür hatten sie ja schließlich eine eigene Abteilung im Haus. Mit ein wenig Glück konnte sie dort irgendein „ Souvenir „ günstig erstehen.
Aber was brachte man den beiden nur mit? Den üblichen Bildband aus „deutschen Landen „ na ja – etwas einfallslos. Aber wenn sie vorne einen Stempel der Botschaft reindrückte sah das irgendwie wertvoller aus. (Die erfuhren ja nicht, dass sie bestimmt 20,- € pro Buch zahlen musste)

Nur dieses Mal war sie besser vorbereitet, da wurde der Kleiderschrank aber genau unter die Lupe genommen und ein Friseurbesuch in der Boulos-Hanna-Straße musste auch noch eingeplant werden. Keiner schaffte es besser aus ihrem wirren Lockenkopf eine richtig flotte Glatthaarfrisur zu zaubern. Nach jedem Friseurbesuch stand sie auffallend lange vor jedem Schaufenster auf ihrem Weg, und die Bewegung wie man absolut cool den Kopf zurück warf und die Haare wieder in die ursprüngliche Form zurücksprangen, hatte sie genau wie in der Fernsehwerbung, an ihren Friseurtagen gut gelernt .

Dieses kleine Highlight hatte es doch vollbracht, dass sie den Rest des Tages sehr entspannt verbrachte. Dieser lächerliche Postberg war im Nu verteilt, teilweise bearbeitet oder abgeheftet. Ja so eine Aufmunterung könnte man öfter gebrauchen.

Omar war erschüttert und zugleich zornig als er versuchte das Gespräch zwischen Franziska und Shirin gleichzeitig in zwei Sprachen am Laufen zu halten. Es war für jede Frau auf der Welt bestimmt traumatisch vergewaltigt zu werden. Nur ein Mädchen oder eine Frau aus einem arabischen Land hatte es noch zusätzlich schwer, da ihre Familie bzw. die Familie des

Verlobten in einem solchen Fall sehr oft auf der Lösung der Beziehung bestand.

Nach einem kleinen Moment der Stille, umarmte Shirin plötzlich Franziska und wollte sich kaum von ihr lösen.
Fragend schaute Franziska zu Omar hinüber – der aber nur lächelnd nickte.

Ich glaube ich habe einen Weg gefunden um ihr bei allen Problemen zu helfen.
Aber diesen Knaben werde ich mir später vorknöpfen und glaube mir, der wird den Tag bereuen an dem er ägyptischen Boden betreten hat !
Er wird jeden Tag in seinem weiteren Leben an Shirin und mich denken, dass verspreche ich Dir und der Kleinen.

Franziska starb fast vor Neugierde aber sie wollte in diesem Moment keinesfalls weitere Einzelheiten in Gegenwart des jungen Mädchens erfragen.

Nachdem von Shirin eine große Last genommen schien, war sie bereit doch ein Stück der Kuchenauswahl von GROPPI zu probieren. Erstaunlicherweise konnte sie auch noch ein zweites Stück probieren.
Franziska hatte bewusst dieses Cafe gewählt. Zum Einen war es ihr altmodisches Lieblingscafe in Kairo – zum Anderen konnte man davon ausgehen, dass aus dem Familienkreis von Shirin bestimmt niemand dort auftauchen würde.

Omar beugte sich leicht zu Franziska :

Sag mal, denkst Du der Kerl verfügt über etwas Bargeld oder eine Kreditkarte ? Ich werde ihn um einiges erleichtern müssen. Erstens für das Zimmermädchen, und zweitens – aber das sage ich Dir besser zu Hause.

Nach der Rückkehr ins Hotel rief Omar von der Rezeption aus den Übeltäter an und bat locker und Fröhlichkeit vortäuschend um ein kleines Gespräch.

Klaus Koch kam munter aus dem Aufzug und schaute sich fragend in der Hotelhalle um. Omar winkte ihm zu einem kleinen Tisch in einer Ecke.

Ich habe mir erlaubt schon mal zwei Tee für uns zu bestellen.
Oh, Pardon, ich habe mich noch nicht vorgestellt mein Name ist Omar Khaled, ich bin der Vater Ihrer Reiseleiterin.

Klaus sah etwas erstaunt den Fremden an.
Wahrscheinlich wollte sich diese kleine Zicke über seinen Alkoholkonsum beschweren, aber dem würde er es schon geben....

Zunächst einmal möchte ich Ihnen mitteilen, dass ich in Frankfurt als Kriminalbeamter tätig bin, das heißt für mich auch, sollten wir hier zu keiner einvernehmlichen Lösung kommen, bin ich verpflichtet, die örtliche Polizei hier zu informieren und selbstverständlich auch bei meiner Dienststelle in Frankfurt einen Bericht abzugeben.

So nun möchte ich Ihnen damit wir das ganze Gespräch etwas abkürzen können, noch mitteilen, dass ich hier in Kairo früher ebenfalls bei der Kriminalpolizei tätig war und noch immer über ausgezeichnete Verbindungen verfüge.

Wie Ihnen wahrscheinlich nicht bekannt sein dürfte steht in Ägypten auf Vergewaltigung die Todessstrafe.

Klaus riss die Augen auf und japste nach Luft, damit hatte er wahrlich nicht gerechnet.
Doch bevor er noch irgend etwas erwidern konnte, fuhr Omar ungeführt weiter.

Da Sie als Ausländer einen gewissen Bonus haben, wird die Todesstrafe im günstigsten Fall nicht vollzogen, sondern in eine lebenslängliche Strafe umgewandelt.
Lebenslänglich bedeutet aber in Ägypten wirklich lebenslänglich !

So und nun kommen wir zur Regelung Ihrer Angelegenheit.
Ich gehe davon aus, dass Sie mit meinem Vorschlag einverstanden sind:

Wir werden nach unserem Gespräch zur nächsten Bank fahren und zunächst einmal dafür sorgen, dass Ihr Opfer- das junge Zimmermädchen – eine ausreichende finanzielle Entschädigung erhält.
Weiterhin, ich denke mir dass Sie über diesen Punkt noch einige Stunden nachdenken möchten, werden wir morgen am späten Nachmittag einen hiesigen Arzt aufsuchen, der bei Ihnen einen kleinen aber effizienten Eingriff vornehmen wird. Ich möchte sichergestellt haben, dass Sie nie wieder in die Situation kommen einer Frau Gewalt in dieser Form anzutun.

Der ärztliche Eingriff wird ca. 850,- € kosten, und die ärztliche Versorgung bis zu Ihrer Abreise ist damit natürlich auch gewährleistet.

Klaus wurde leichenblaß und griff zur Teetasse, stotternd brachte er nur hervor:
Ich weiß nicht wovon Sie sprechen mein Herr.

Oh doch, dass wissen Sie genau, also wofür entscheiden Sie sich, ich hab keinerlei Geduld mich jetzt auf Spielchen mit Ihnen einzulassen. Und übrigens, denken Sie nicht an eine überstürzte Abreise, ich habe mir vorsorglich Ihren Pass aushändigen lassen. Wenn Sie sich nicht umgehend für meinen Vorschlag entscheiden, rufe ich die Kollegen an, und Sie können sich schon mal nach einem guten Anwalt über Ihre Botschaft umschauen.

Vielleicht sagen Sie mir dann, was ich Ihrer Familie in Frankfurt am Telefon sagen soll.

Klaus versuchte sich noch in Ausreden aus der Affäre zu ziehen, aber das entschlossene Gesicht Omars hinderte ihn nach wenigen Minuten daran.

Aber die Kleine wollte es doch auch !

Na, da sprechen aber ihre Verletzungen – die wir im übrigen durch einen Arzt haben dokumentieren lassen – (hier bluffte Omar ein ganz klein wenig) eine andere Sprache.

Klaus sackte in sich zusammen, und flüsterte hilflos:
Was verlangen Sie und was verstehen Sie unter einem „ kleinen Eingriff" – ich bin bereits sterilisiert.

Omar trank langsam einen Schluck seines inzwischen schon kalten Tees.
Eine Sterilisation interessiert uns nicht, es handelt sich natürlich um eine Kastration, aber keine Angst, wir verfügen auch hier in Ägypten über ausreichende Narkotika.
Und eine anschließende Wundversorgung ist natürlich gewährleistet.

Klaus wagte sich nicht zu widersprechen. Hilflos stammelte er immer wieder:

Nein,. Nein dass ist doch nicht Ihr Ernst, ich lasse mich doch nicht kastrieren, sind Sie verrückt?

Ich bin keinesfalls verrückt, also wie lautet nun Ihre Entscheidung?
Wissen Sie ich habe in meinem Urlaub noch ein paar andere Dinge mir vorgenommen, ich möchte mich nicht von Ihnen weiter aufhalten lassen.

Klaus war den Tränen nahe, : *Aber das habe ich doch gar nicht gewollt, die Kleine war so aufreizend und ich hatte schon etwas getrunken, ich weiß gar nicht mehr wer von uns beiden anfing.*

Omar bestellte mit einem Wink noch zwei weitere Glas Tee und fragte höflich ob Klaus noch etwas dazu essen möchte.
Dem war aber offensichtlich nicht nach Essen zumute:

Nein, nein, aber Sie sind doch verrückt, wissen Sie was das heißt - kastrieren - ? Ich kann nie mehr – ich bin doch noch jung – das kann doch nicht Ihr Ernst sein, mein ganzes Leben ist dann doch gelaufen.

Ja natürlich, und das hoffe ich doch auch – ich denke Sie verkennen ganz einfach Ihre Lage.

Wenn es Ihnen natürlich lieber ist, ich werde dann mal die Kollegen der Polizei hier in Kairo anrufen, Omar griff in seine Hosentasche und zog sein Handy hervor und begann in seinen gespeicherten Nummern zu suchen.

Marianne saß müde und verschwitzt auf einer kleinen Decke oder ehemaligem Kissen – nur leider ohne Füllung – vor ihrem Zelt.
Die Sonne würde gleich untergehen und es war schon schnell recht kühl geworden. Noch immer konnte sie sich nicht daran gewöhnen wie schnell es abends dunkel wurde und wie schnell es am Abend kalt wurde in der Wüste.

Ich muss ein paar Worte arabisch lernen – es hilft ja alles nichts, wenn ich meinen Fluchtplan in die Tat umsetzen will, muss ich vorher ein paar Worte sprechen können, falls mir unterwegs jemand begegnet – was ich doch stark hoffe ⁻.

Sie trank langsam einen kleinen Schluck ihres süßen Tees und musste fast hysterisch anfangen zu lachen. *Wenn man mir vor einem halben Jahr gesagt hätte, dass es mich glücklich machen würde abends auf einem alten, staubigen, verdreckten Kissen vor einem vergammelten Zelt zu hocken und aus einem bestimmt bakterienverseuchten Becher zu trinken, hätte ich nur müde lächelnd den Kopf abgewandt.*

Die Kamele unterhielten sich noch ein wenig mit ihrem nervigen Gebrülle und Marianne stand mühsam vom harten Boden auf.
Sie brachte auch noch im halbdunkel den Becher zu den Frauen, die vor einem kleinen Feuer saßen und miteinander lachten.

*Ja diese Beduinenfrauen waren eben auch mit allem zufrieden.
Wie konnten die hier nur lachend und erzählend in dieser Einöde auf dem Boden sitzen und sich auch noch wohlfühlen.*

Aber von ihrem Plan beseelt, sagte sie laut ⁚ *Gute Nacht* und wollte sich schon abwenden als sie ein mehrstimmiges ⁚ *layla sa ida* vernahm.

Layla sa ida; layla sa ida – ob das wohl Gute Nacht bedeutete??

Ich werde von jetzt an versuchen: jeden Tag ein paar Datteln zu verstecken und ein oder zwei Worte zu lernen...

Müde und etwas mühselig legte sie sich auf die Decken, die ihr als Unterlage oder Matratze dienten.
Sie hörte plötzlich ein leises Zischen und dann konnte sie im Halbdunkel einen Schlangenkopf unter ihrem abgestellten Rucksack erkennen. Marianne wagte kaum zu atmen und stellte jegliche Bewegung ein. Nach einer unendlich langen Zeit von vielleicht 10 Minuten kam die älteste ihrer Bewohnerinnen leise

ins Zelt gestolpert. Marianne schrie auf und die alte Dalila hielt
die Petroleumlampe in die Höhe. Auch sie erschrak als sie die
Schlange unter dem Rucksack entdeckte und rief laut um Hilfe.

Farid, ein eigentlich ganz interessant aussehender jüngerer
Mann der Familie kam mit einem Stock und verscheuchte in
Seelenruhe die Schlange, die sich unter der Zeltplane hinaus in
die kalte Wüstennacht verzog.
Jetzt konnte sich Marianne nicht mehr beruhigen, in einer Art
hysterischem Anfall, war nicht klar zu erkennen ob sie lachte
oder weinte. Die alte Dalila beugte sich mühsam zu ihr hinunter
und nahm sie tröstend in den Arm. Dabei nahm sie das völlig
verstaubte schwarze Tuch von ihren Schultern und legte es
Marianne liebevoll um die Schultern.

Inschallah kol jakun koyes, (Bei Gott, es wird alles wieder Gut)
wiederholte   Dalila immer wieder und streichelte Marianne
tröstend über den Kopf.

Na toll – und was sagte die Alte nur immer und immer wieder ?
Es war bestimmt etwas Nettes.
Die Petroleumlampe brannte die ganze Nacht und die alte Dalila
hatte eine der Ziegen in das Zelt geholt.
Wahrscheinlich ging sie davon aus, dass die Ziege alle warnen
würde, falls noch einmal eine Schlange in das Zelt huschen
würde.

Mariannes Augen wurden immer schwerer und sie schlief nach
einiger Zeit in Dalilas Armen ein.

 Die Sonne stand schon hoch am Himmel als sie die Augen ein
wenig öffnete.
Die beiden anderen Frauen hatten das Zelt schon längst
verlassen und die Plane ein wenig zur Seite aufgeklappt, damit
frische Morgenluft in das Zelt wehen konnte.
Nur die Ziege kauerte noch am Boden und fraß genüsslich an
Mariannes Decke.

Sie wunderte sich über sich selbst, denn normalerweise hätte sie dieses Tier laut schreiend davon gejagt. Aber sie richtete sich ein wenig auf, unterdrückte ein stöhnen über den schmerzenden Rücken und kraulte der Ziege ein wenig das struppige Fell hinter den Ohren.
Dann richtete sie sich doch ein klein wenig jammernd vollends auf und richtete ihre Kleidung mit einigen Handgriffen..
Am Feuer wurde sie schon von einigen Frauen erwartet und man hielt ihr den Becher mit Tee und das Fladenbrot schon entgegen.
Im Stehen, sitzen mochte sie nicht schon wieder , trank sie ihren heißen Tee aus und biss zwischendurch in das frisch gebackene Brot.
Aus einem der Zelte kam ihr kleiner Begleiter der Anfangswochen mit zwei Flaschen Wasser unter den Armen auf sie zu.
Heute wollte er sie wieder begleiten.
Jeder normale Mensch hätte dies als liebe Geste nach dem gestrigen Schrecken aufgefasst, nicht aber Marianne.

Sie zog die Stirn in Falten und um den Mund bildeten sich tiefe negative Linien, die ihre Unzufriedenheit leicht erkennbar machten.

Na gut, dann trägt mir wenigstens heute einer mein Wasser.

Nach einem Fußmarsch von ungefähr einer halben Stunde hatten sie ein kleines Tal erreicht, dass vereinzelte Sträucher und Büsche im Halbschatten der Felsvorsprünge unerwartet gut wachsen ließ.
Hier musste doch bestimmt Wasser in der Erde oder vielleicht sogar in einem Brunnen zu finden sein.

Marianne suchte sich eine schattige Nische zwischen den herumliegenden gewaltigen Steinen und legte das dunkelgrüne grob gewebte Tuch mit ihren Datteln und einem Fladenbrot neben sich. Ihr Begleiter kletterte in den Felsen herum und kam nach einiger Zeit ganz stolz mit einigen Limettenfrüchten zurück.

Er erklärte ihr lange und ausführlich wo er die Früchte entdeckt hatte. Aber das leidige Problem mit der Sprache wurde ihr zum wiederholten Male bewusst.

Diese ungebildeten Menschen aber auch, na gut- das Kind war noch klein – aber die Erwachsenen könnten doch wenigstens eine Fremdsprache erlernen, wenn sie schon in einem Land mit derart vielen Touristen leben.

Aber immerhin waren die Limetten sehr erfrischend – entsetzlich sauer – aber frisch.
Wie viele Wochen hatte sie schon kein frisches Obst mehr gegessen !

Es kam ihr plötzlich die Idee, vielleicht doch einmal dem kleinen Jungen nachzugehen, denn wenn es hier Zitronen oder Limettenbäume gab, konnte sie auf ihrer angedachten Flucht doch ein wenig frisches Obst – na ja Obst – aber doch bestimmt Vitamine gebrauchen.

Bedächtig erhob sie sich und legte den Beutel mit ihrem „Lunchpaket" auf einen der höchsten Steine in ihrer Umgebung.
Mangels Sonnenbrille hob sie die Hand an die Augen um in die flirrende Ferne der Felsengruppe zu schauen.

Christine stand vor ihrem Kleiderschrank – eigentlich war es ein riesengroßer Einbauschrank mit Platz für die Bekleidung einer fünfköpfigen Familie – und sortierte schon einmal die flottesten Teile für ihre Bade-Erholungs-Flirt –Tage am Roten Meer.
Elegant, aber nicht zu freizügig – sportlich, aber schlankmachend und verjüngend – und vor allem ausreichend von allem.

Das war keine wirklich einfache Aufgabe, denn im Büro trug sie
meist‐ das klassisch farbige beige, braun, grau oder schwarz.

Und wenn man nun mal Eindruck schinden will, dann muss doch
noch das eine oder andere Teil gekauft werden.
Nach einem kurzen Blick auf ihre Armbanduhr stellte sie fest,
dass es erst neunzehn Uhr war. Schnell schlüpfte sie in die
unbequemen neuen Schuhe, nahm die Handtasche aus dem Flur
und verließ die Wohnung.

Das Schönste an Kairo waren doch die überall stets zur
Verfügung stehenden Taxen. Kaum stand man am Straßenrand
musste man nur Ausschau nach einer unbesetzten Taxe halten
und nach noch nicht 5 Minuten war sie schon auf dem Weg zur
Talaat Harb‐Straße.
Der Berufsverkehr war zwar etwas quälend, aber in Gedanken
und Träumerein versunken näherte sie sich dem Midan Tahrir.
Für 6 Pfund das ist noch kein Euro war sie doch sehr bequem zu
ihrem Ziel gekommen.
Die Auswahl zwischen wirklich vielen kleinen Bekleidungsläden
versetzte sie noch immer in Begeisterung.

Zwei Stunden später saß sie völlig erledigt von 7 Tüten
umrahmt, im „Groppi" einem bei Ägyptern und auch bei
kundigen Touristen beliebten Cafe in der Nähe des Midan
Tahrir.
Sie begann die Einkäufe noch einmal zu betrachten:

2 leichte Pullover mit Dreiviertelarm für den Abend.
1 Jeans
1 Tunikakleid in einem dunklen Beeren‐Farbton
1 dazu passender Schal
und 1 neue Galabiya – ebenfalls in dunkelrot
In der letzten Tüte waren die Turnschuhe, damit sie auch gut zu
Fuß war, und nicht abends humpelnd in die Hotelbar stolperte.

So jetzt musste sie ja nur noch anrufen und ein Zimmer buchen
und einen Flug besorgen.

Und dann wartete Sonne, Erholung und eventuell ein kleiner Flirt auf sie.

Wahrscheinlich komme ich an, und just in diesem Augenblick tritt mein Polizeichef seinen Jahresurlaub an !!

Egal wie auch immer, diesen Urlaub hatte sie sich verdient.

Zu Hause angekommen, griff sie zunächst zum Telefon und rief bei Egypt Air an und reservierte einen Platz in der Maschine, die schon kurz vor dem Wachwerden Kairo verließ.
Mit einer Hand hatte sie sich einen Tee zubereitet und die Käsegebäckstangen von Groppi auf einem Teller platziert.
Der Fernseher lief auch schon und die alte Serie über das Leben von Sadat hatte gerade begonnen. Wow, was war doch dieser Hauptdarsteller ein gut aussehender Mann. Schade, dass der so früh verstorben war. Das wäre genau der Typ Mann gewesen, der ihr hätte gefährlich werden können.

Na gut, wenn es nicht der George Clooney von Ägypten war, dann muss ich eben mal nach meinem Polizeichef Ausschau halten !

Mit klebrigen Fingern wühlte Christine in ihrer Handtasche – wo war denn nur die Nummer vom Hotel?
Der nun Gott sei Dank mit einem dicken Fettfleck verzierte Notizzettel lag vor ihr auf dem kleinen Holztisch und mit nervösen Händen wählte sie die Nummer des Hotels.
Nach einigen Minuten meldete sich das Hotel und innerhalb kürzester Zeit hatte sie ein Zimmer mit Meeresblick gebucht.

Na gut, das Wochenende würde doch etwas teurer werden als gedacht, aber für wen sollte sie denn sparen?

Klaus schlief schlecht in dieser Nacht und er spielte alle
Möglichkeiten im Kopf durch. Eine Möglichkeit nach Hause zu
fliegen hatte er nicht, denn der Paß war bei diesem Khaled.
In ein anderes Hotel gehen und bei der deutschen Botschaft
vorsprechen und den Paß als verloren zu melden ist genauso
unmöglich. Die Fragen zunächst beim Hotel und in Deutschland
nach. Wenn er aus dem Hotel verschwindet gibt dieser Polizist
das Ganze an die Polizei hier in Kairo weiter und dann – oh mein
Gott warum hat diese blöde Kuh sich auch so angestellt.

Aber er konnte doch beim besten Willen nicht in diese Operation
(harmloser Begriff für diese Wahnsinnstat) einwilligen. Aber
welche Chance hatte er.
Wenn die auch keine Todesstrafe an einem Ausländer
vollstrecken würden, eine saftige Gefängnisstrafe in diesen
bestimmt unwirtlichen Gefängnissen stellte er sich erschreckend
vor.
Aber für immer als Kastrat durch die Welt laufen, na gut außer
ihm selbst und seiner Frau (wie erkläre ich das denn meiner
Frau ?) würde es keiner erfahren. Aber sich nie mehr wie ein
kompletter Mann fühlen, bei dieser Vorstellung brach dieses Bild
von einem Mann (unsympathischer Mann - aber immerhin) in
Tränen aus.
Es gab keine Möglichkeit dieser Situation zu entfliehen.

Er bestellte sich noch reichlich Alkohol auf sein Zimmer, nicht
daran denkend, dass ein Restalkoholgehalt im Körper bei einer
Operation bestimmt nicht sehr gesund war.
Nervös zappte er durch alle arabischen Programme die er finden
konnte, um im Ergebnis mit arabischer Musik im Hintergrund
auf seinem Balkon zu stehen und planvoll ein Bier nach dem
anderen runter zukippen.

Zweimal bestellte er sich Getränke nach, wobei er beim ersten
Sonnenstrahl auf Kaffee wechselte.

Es war erst 06:00 Uhr als es leise an seiner Zimmertüre klopfte.

Ungewaschen und verschwitzt öffnete er Omar. Beschwingt und fast freundlich betrat Omar das Zimmer und setzte sich auf den Korbstuhl auf dem Balkon, während er Klaus noch zu einer schnellen Dusche bewegte.

Eine halbe Stunde später bestiegen die beiden eine Taxe die sie durch den Berufsverkehr in einen der ältesten Stadtteile Kairos brachte. Während der Fahrt nach El-Qalaa – einem der ältesten Stadtteile Kairos in der Nähe der Zitadelle, wurde Omar immer entspannter und Klaus immer kleinlauter und unruhiger.

Omar beschloss die lange Fahrt ein wenig mit touristischen Erklärungen abzukürzen und Klaus ein wenig abzulenken.

Der war zwar weniger interessiert an NAGIB MACHFUS und seinen Romanen über das alte Kairo mit seinen Menschen, auch die Geschichte der jeweiligen Herrscher konnte ihn nicht von seinem bevorstehenden Schicksal mit all seinen Auswirkungen ablenken. Die Straßen wurden kleiner und etwas weniger befahren und Omar konnte es sich nicht verkneifen, Klaus auf das baldige Ende der Fahrt hinzuweisen.

Der Fahrer begann nun ein hektisches Gespräch mit Omar über die genaue Anfahrt, in dessen Verlauf man sich darauf einigte noch einmal ein paar Meter zurückzufahren.

Als der Wagen stoppte sank Klaus immer weiter in die Polster zurück und wurde leichenblass.

Omar bezahlte großzügig die Fahrt und hakte Klaus freundlich aber bestimmt unter und schritt auf den Eingang eines frisch renovierten Jugendstilhauses zu.

Die Praxis lag im zweiten Stock und der Aufzug schien noch aus der Zeit der Jahrhundertwende (nicht zu verwechseln mit der Jahrtausendwende) zu stammen.

Aber auch die längste Fahrt nahm ein Ende und unterstützt oder besser gesagt leicht geschoben betraten Klaus und Omar die Praxisräume.

Ein alter Mann im weißen Kittel kam müde auf die beiden zu.

Der Herr Professor kommt gleich,ich kann den Patienten schon einmal vorbereiten.

Klaus wurde für die kleine Operation in einem der Behandlungszimmer mit den üblichen Abläufen wie Desinfektion , abdecken des Operationsgebietes und einer beruhigenden Spritze in einen angenehmen Halbwach-Halbtraum-Zustand versetzt.

Als der Patient die Augen entspannt geschlossen hatte, wechselte Omar zu dem etwas kahl und ungemütlich eingerichteten Warteraum und nahm dankbar eine Tasse Tee aus den Händen einer Helferin entgegen.

Die Operation dauerte mit der Wachwerde-Phase doch fast zwei Stunden, in denen Omar in einem benachbarten Cafe einen weiteren Tee bestellte und die Al Ahram fast ausgelesen hatte.

Eine Sms der Praxis zeigte ihm das erfolgreiche Ende der Behandlung an. Den noch leicht schwankenden Patienten im Arm, unterstützt durch den Pfleger, der auch bei der OP assistiert hatte, bestiegen die beiden eine bereits wartende Taxe, die sie wieder zum Hotel zurückbrachte.
Klaus war noch in einem Zustand in dem ihm alles egal erschien, aber wie sich jeder vorstellen kann, würde sich sein Gemützszustand doch recht schnell verändern, wenn die Wirkung der Medikamente nachlassen sollte.

Vicky beschloss den freien Tag ein wenig zu nutzen und eine Shoppingtour mit ihrer Mutter zu unternehmen.
Die ersten Schuhgeschäfte waren schon erleichtert worden und die Kosmetikindustrie wollte ja auch noch unterstützt werden.
Da es noch nicht Mittag war versuchten sie noch einen schnellen Friseurtermin zu bekommen.

Während Vicky bereits mit nassen Haaren über den Schnitt und zwei kleine rote Strähnchen verhandelte, hatte Franziska sich schon zum Augenbrauen verschönern in dem Friseurstuhl zurückgelegt. Augenbrauen mit dem Faden bearbeiten war eine schmerzhafte aber durchaus erwägenswerte Alternative zur Pinzette.
Als dann noch auf Anraten der Friseurin auch der „MOUSTACHE" entfernt wurde, war Franziska sehr kleinlaut in ihrem Stuhl.
Ich habe keinen Damenbart, ich habe keinen Damenbart war der Gedanke der ihr durch den Kopf eilte (nicht ging).
Ich bin doch ein heller Typ, das würde ich doch sehen, aber die Tatsache, dass es entsetzlich schmerzte zeigte ihr, dass da doch einige natürlich unsichtbare Härchen sein mussten.
Trotz einer kühlenden Creme (wahrscheinlich war das auch noch After Shave für Männer) sah Franziskas Gesicht ein wenig aus wie duchgeprügelt. Sie wollte ja auch an diesem Tag eigentlich nichts anderes unternehmen als sich mit neuer gepflegter Frisur im Zimmer verstecken !

Aber nachdem ihre Haare ein wenig Farbe erhalten hatten und glatt geföent waren, waren wie ein Wunder auch die Kampfnarben der „Enthaarung" verschwunden.
Ein wenig Make-up aus Vickys Handtasche und der Tag war wieder schön.
Während Vicky nun mit dem Faden gequält wurde, konnte sich Franziska den Hinweis auf eine „ Moustache-Behandlung „ nicht verkneifen.

Wenn ich schon leiden muss, dann kannst Du das auch mal probieren.

Aber ich habe im Gegensatz zu Dir noch keine Moustache-Anwendung nötig, meinte Vicky siegessicher !

Und schon kam die Frage der netten Friseurin : *Moustache ??*

Vor lauter Lachen verschluckte sich Franziska und Vicky stammelte kleinlaut : *Naam – (ja)*

Aber Vickys Haut – eindeutig ein wenig jünger, benötigte keine Kühlgels oder sonstige Wundermittel. Sie war einfach nur jung, und hatte noch diese gewisse Frische der Haut, die spätestens mit vierzig dahin ist.

Gut gelaunt verließen beide den Verschönerungssalon und schritten die wenigen Meter zum Hotel recht vergnügt.

Omar hatte für Vicky eine Nachricht an der Rezeption hinterlassen und die beiden trafen ihn in Hamy´s Roof wo er gerade eine große Portion Kouchari verspeiste.

Und ? war Stereo aus beiden neugierigen Mündern zu hören.

Setzt Euch doch erst mal zu mir, was trinkt ihr denn?
Ja, was soll ich sagen, er liegt noch leicht benebelt in seinem Zimmer und ich habe mal vorsichtshalber das „ Bitte nicht stören „ an die Tür gehängt und sein Telefon ausgestöpselt damit er schlafen kann.

Der Eingriff muss gut verlaufen sein, bestätigte mir der Arzt.
Und vorher hat er noch eine Erklärung unterschrieben, in der er bestätigt, dass Mädchen vergewaltigt zu haben. Und, um einer Strafe vor dem Gericht hier zu entgehen, hat er sich freiwillig bereit erklärt – so quasi als Blutgeld – sich kastrieren zu lassen.

Übermorgen muss er noch einmal zur Nachuntersuchung, aber er hat Antibiotika und Schmerzmittel auf dem Zimmer. Und um ihm Peinlichkeiten zu ersparen (er kann eventuell noch nicht so lange sitzen) werde ich ihm die Mahlzeiten auf sein Zimmer bringen lassen.
Offiziell hat er eben mit der Rache des Pharao zu kämpfen !!

Vicky griff nach Omars Hand – *Danke, Du denkst aber auch an alles!*

Franziska hatte nun auch einige Fragen :

Wie wirkt sich denn die OP in naher Zukunft aus ?

Omar schaute zwar ernst aus, konnte sich aber ein kleines Grinsen nicht ganz verkneifen:

Ich habe den Arzt genau befragt, bis unser Patient wieder wach wurde:
Der Eingriff nennt sich Orchiektomie und hat langfristig schon einige Auswirkungen: zunächst einmal baut sich langsam aber sicher das Testosteron im Körper ab, dass heißt aber auch seine Aggressionsbereitschaft verringert sich. Nach spätesten 6-9 Monaten hat sich der Hormonspiegel abgebaut und danach weiß er nicht mehr was Sex überhaupt ist.
Es kann zu Antriebsarmut, Depressionen und Osteoporose eventuell auch Diabetes kommen.
Aber es hat auch eine positive Seite – er kann einfach keinen Prostatakrebs mehr in späteren Jahren bekommen.

Und wie lange wird er liegen müssen ? fragte Vicky, denk daran die Gruppe wird auch einmal nach Hause fahren müssen.

Das ist kein Problem, in 3 Tagen ist er wieder fast fit, denk mal an den Hund Deiner Freundin Hannelore, der ist schon am nächsten Tag wieder herumgesprungen !

So und nun müsst Ihr aber auch etwas zum Essen bestellen, und ich werde später nach dem Patienten schauen und dann mit ihm die finanzielle Entschädigung seines Opfers klären.

Marianne ging mit langsamen Schritten in Richtung der Felsen, als ihr junger Begleiter sie sehr bestimmt am Ärmel der Galabiya festhielt und ihr erkärte, dass sie bei der Herde zu bleiben hatte.
Sie hatte kein Wort verstanden, aber ihr war klar, dass sie sich dem Willen dieses kleinen Bengels fügen musste. Wer weiß was sonst am Abend im Zeltlager passieren würde. Die würden sie vielleicht nicht mehr mit den Ziegen flanieren lassen.
Nein, das durfte nicht passieren.
Ich kann auch ohne zusätzliche Vitamingaben meine Flucht planen, und vielleicht bestand ja in den nächsten Tagen die Möglichkeit die Gegend genauer zu erkunden.

- Wenn Marianne gewusst hätte, wie nah sie einem kleinen Touristen - Ressort war, wäre sie alle Angst vergessend einfach nur losgerannt)

Aber sie wusste es nicht und wähnte sich ganz alleine mit dem Jungen in der unendlichen Weite des Sinai.

Niedergeschlagen und müde suchte sie wieder den Platz neben den großen Steinen auf und schälte mit ihren gegenüber früher ungepflegten Fingernägeln die Schale von der Frucht ab.
Die Limetten waren noch nicht ganz reif und dementsprechend sauer.
Aber es war endlich eine Abwechslung gegenüber den ewigen Datteln und dem langweilig schmeckenden Fladenbrot.
Während Marianne mit merkwürdigen Grimassen aber fast glücklich ihre Limette verspeiste, pfiff ihr kleiner Begleiter munter die Ziegen zusammen und trieb sie mit Hilfe eines knorrigen Astes vor sich her.

Marianne hatte verstanden, diese erfrischenden Köstlichkeiten durfte sie nur dann genießen wenn es dem (kleinen) Herrn gefiel.
Gottergeben stand sie auf und trottete zögerlich und wütend hinter ihrer Herde her.

Und ich werde es doch noch schaffen aus dieser Einöde zu entkommen ! murmelte sie sich selbst Mut machend immer wieder leise vor.

Auf dem Rückweg zu ihrer *Familie* legten sie noch einige Futterpausen ein und kamen dadurch erst am späten Nachmittag kurz vor Einbruch der Dunkelheit wieder im Lager an.
Es herrschte emsige Unruhe unter den Frauen, die mit Schüsseln und bereits fertig gebackenen Broten zum Hauptzelt hin und her eilten.
Vielleicht ein Feiertag – oder konnte ein Wunder geschehen sein? Eine Touristengruppe ?

Ihre Schritte beschleunigend eilte nun auch Marianne in die Nähe des Hauptzeltes. Hier saßen eine Gruppe älterer und ganz alter Männer beisammen. Aber das waren keine Touristen – alle trugen die ortsübliche Wüstenbekleidung und es stand auch kein Jeep in der Nähe.
Das ganze wirkte wie ein Familienbesuch – und sie sah schon wieder alle Hoffnungen schwinden.
Das Familienoberhaupt ihrer *Gastfamilie* winkte sie zu sich und präsentierte sie stolz wie man ein neues Zuchtpferd einem eventuellen Käufer vorführt.

In der Mitte der Gruppe reckte ein alter von der Sonne dunkel gebräunter Beduine mit einem weißen turbanähnlichem Kopfschmuck neugierig den Hals.
Die Tochter ihres Familienoberhauptes hakte Marianne unter dem Arm ein und führte sie zu der Gruppe der Besucher.
Hier drehte sie Marianne wie eine Schaufensterpuppe einmal um die eigene Achse.

Was soll denn dieser Zirkus, dachte Marianne verwundert, während sie von der jungen Frau aus dem Zeltbereich geführt oder mehr oder weniger geschubst wurde.

Die beiden alten Frauen, die schon morgens immer das Frühstück für alle zubereiteten, nahmen sie quasi in Empfang und brachten sie zu ihrem Schlafzelt.
Hier hatten sie schon eine große Schüssel mit Wasser zubereitet, und so schnell wie ihnen man das aufgrund ihres Alters kaum zutrauen konnte, hatten sie Marianne die Galabyja ausgezogen.
Auch der Rest der Unterwäsche war recht schnell in die Ecke gelegt worden.
Nun begannen die beiden voller Eifer Marianne von oben bis unten einer Grundreinigung zu unterziehen.
Marianne konnte sich gar nicht zur Wehr setzen, und ihre Gedanken überschlugen sich.

Rasch wurde sie auf eine frische Decke gelegt und ein kleines Mädchen brachte einen kleinen Topf mit einer klebrigen Flüssigkeit herein.
Die beiden Helferinnen begannen Mariannes Beine und der Rest der behaarten Körperzonen mit dieser noch heißen Flüssigkeit einzucremen. Damit Marianne nicht wegkrabbelte waren nun noch drei weitere Frauen in das Zelt gekommen.
Nachdem das linke Bein schon fast wieder normale Temperatur angenommen hatte riss die energische der beiden mit einem schnellen Ruck die getrocknete Masse ab.

Wow, das war eine Wachsbehandlung der besonderen Art.

Zucker mit Wasser und Zitronen oder Limettensaft vermischt und dann erhitzt ergab eine wesentlich effektivere Behandlung als Kaltwachs oder diese Warmwachsstreifen von Rossmann.
Zielstrebig arbeiteten sich die beiden nach oben und Marianne stöhnte jedes Mal laut auf, wenn wieder eine größere Fläche von der Masse befreit wurde.

Nach dieser Prozedur brannte die Haut wie Feuer aber eine von den jungen Mädchen herbeigebrachte Creme linderte den Schmerz und duftete wunderbar nach Jasmin.
Zum ersten Mal fühlte sich Marianne wieder richtig gepflegt, die Methode war zwar etwas ungewöhnlich und überfallartig über

sie hereingebrochen, aber das Ergebnis war durchaus zufriedenstellend.
Ihre Haare waren fast trocken und die frische Kleidung und der frische Schleier rochen ebenfalls angenehm nach Jasmin.
Sogar ihre Sneakers hatten die Kinder in der Zwischenzeit gereinigt.

Lächelnd und stolz führten sie Marianne nun wieder dem Hauptzelt zu, und diese machte sich nun ihre eigenen Gedanken über die außergewöhnliche Aktion.

Unweit der Männer durfte sie Platz nehmen und bekam ebenfalls eine kleinere Schale mit den Köstlichkeiten der Beduinenküche serviert.
War sie eventuell der Ehrengast heute Abend ?
Oder was sollte das Ganze ?

Nachdem alle das Essen genossen beachtete sie niemand mehr, bis die Männer die Tafel mit lautem Lachen nach und nach aufhoben.
Die Kamele der Gäste und einige Reitpferde wurden gebracht und nun wurde auch Marianne wieder zum Mittelpunkt des Geschehens.

Die beiden Alten führten sie mehr oder weniger nachdrücklich zu einem dieser großen und arroganten Tiere, an der Satteltasche hing schon ihr Rucksack und die Frauen stimmten dieses für Mariannes Ohren entnervende Trillern an.
Die kleinere der beiden zog einen ihrer vielen Goldarmreifen von ihrem Arm und schob ihn Marianne über den rechten Arm, eine der jüngeren Frauen kam nun nach vorne und hing ihr eine schwere Goldkette mit einem großen dunkelroten Anhänger über den Schleier um ihren Hals.

Das Kamel kniete unter Gemecker nieder und Marianne wurde geschoben und gehoben bis sie halbwegs ordentlich Platz genommen hatte.

Oh mein Gott, die bringen mich nach Hause – diese wirklich guten Menschen ! Und ich habe sogar noch Geschenke bekommen, eigentlich doch recht nett von diesem Wüstenpack!
Mit einem triumphierenden Lächeln rückte sie sich hoheitsvoll auf dem Kamel zurecht und flog erst einmal nach vorne und hinten als das Tier sich majestätisch erhob.
Warum man sie aber mitten in der Nacht zu ihrer Rettung abholte war ihr unklar.

Die kleine Gruppe brach auf und Mariannes Kamel wurde sicherheitshalber von ihrem Vorreiter an einem Lederband gehalten.
Schon nach kurzer Zeit hatte sie sich an diesen wiegenden Gang gewöhnt und kämpfte schon bald mit dem Schlaf.
Aber die Neugierde wohin die Reise gehen würde hielt sie doch einigermaßen wach und sie saß stolz auf ihrem Kamel.

Jallah imschi, so trieb einer der Reisebegleiter die Gruppe an.

Der Sternenhimmel war klar und auch Marianne musste sich eingestehen, dass dieser Blick auf die strahlenden Sterne in einer Großstadt kaum möglich war.
Frisch geduscht und gepflegt fühlte sie sich endlich wieder wohl und voller Elan wollte sie diese Heimreise endlich antreten. Na die würde aber alle schauen, wenn sie sonnengebräunt nach Hause kam, im Büro hatte sie Gesprächsstoff für die nächsten Jahre, und diese Erlebnisse hatten sie körperlich auch wieder beweglicher gemacht. Wenn sie nur an die stundenlangen Wanderungen mit diesen stinkenden Viechern dachte. Vor ihren Augen verwandelte sich die Weite der Wüste in ein weißgekacheltes Badezimmer mit einer Wanne voll mit duftendem Schaum, die weichen „Trocknergewärmten“ Handtücher lagen am Rand der Wanne und ein Buch mit mittelalterlichen Herz-Schmerz-Geschichten lag ebenfalls bereit. Was konnte es Schöneres geben?

Jedenfalls schöner als ihre schmerzende Sitzfläche, die sie bei jeder Bewegung ihres Kamels spürte.

Der ältere der Besucher – oder sollte sie Retter sagen – verlangsamte die Schritte seines Tieres und kam mit ihr auf gleiche Höhe.
Mit seiner rechten Hand deutete er ungeschickt auf sich und murmelte stolz : Daoud, Daoud.
Seine Hand deutete auf sie und mit fragendem Blick wartete er auf ihre Antwort.
Er will sicher meinen Namen wissen, dieser Idiot. Er sollte doch wohl wissen wen er rettet !
Wenn er geschickt wurde von der Polizei oder der deutschen Botschaft – dann musste er doch sicherlich wissen, dass sie die „ vergessene Touristin Marianne Schäfer „ war.

Na sicherlich konnte er nicht lesen oder schreiben und daher hatte er ihren Namen vergessen – egal wie auch immer, er hatte sie möglichst schnell und halbwegs bequem zurück in ihr Hotel oder am besten gleich zum Flughafen zu bringen.
Und dann liebe Freunde – wenn ich erst einmal in Frankfurt bin, wird euch eine Klage meines Anwaltes die Zukunft vermiesen. Ihr werdet alle zahlen bis ihr nicht mehr wisst, wie ihr jemals auf die Idee gekommen seid im Tourismusbereich zu arbeiten.

Und das ganze Gehalt, das dann auf ihrem Konto lagern müsste ! Das ergab sicherlich einen richtig tollen Urlaub – allerdings würde sie das nächste Mal nach Österreich oder in die Schweiz reisen.
St. Moritz, Wien, Genf oder Kitzbühel das waren dann ihre Reiseziele.

Marianne wurde etwas unsanft aus ihren Träumen gerissen, dieser etwas aufdringliche Daoud rüttelte sie unablässig am Arm und hielt ihr seinen ziegenledernen Wassersack entgegen. Igitt, niemals würde sie mit diesem Kerl aus einer „ Flasche oder Glas „ trinken, dann ja sicherlich auch nicht aus diesem schmuddeligen Behältnis.
Sie griff an ihre linke Hüfte und zog ihre eigene an einem alten Seil befestigte Plastikflasche hervor.

Es war ja ganz nett gemeint, aber sie würde sich glücklich
schätzen in den nächsten Tagen endlich wieder aus einem
sauberen Glas an einem gedeckten Tisch ihren Durst stillen zu
können.

Langsam kam die Sonne mit ihren ersten warmen Strahlen nach
der bitterkalten Nacht hinter der Hügelgruppe hervor.
Marianne konnte sich kaum noch auf dem Sattel halten, als sie
am Horizont leicht verschwommen zwar, aber doch schon
erkennbar eine Gruppe mit schwarzen Zelten erblickte.

*Na vielleicht machen wir da eine kleine Rast und bekommen
etwas Tee zu trinken und eine kleine Mahlzeit die
ausnahmsweise nicht aus Datteln und Fladenbrot bestand,*
flüsterte sie leise vor sich hin.

Die Tiere und auch die Reiter wurden unruhig und die Kamele
beschleunigten ohne menschliche Nachhilfe das Tempo.
Vorsichtig versuchte sie sich ein wenig zu recken und zu strecken
ohne dabei abzustürzen. Dieser nervige alte Daoud kam wieder
zu ihr geritten und redete eifrig auf sie ein. Mit seiner Reitgerte
oder besser gesagt einem alten lederumhüllten Stock deutete er
strahlend auf die immer näher kommende Zeltgruppe.

Mit einem freundlichen Lächeln bat die Sprechstundenhilfe
Franziska, Vicky und Shirin in ein separates Wartezimmer.
Nach wenigen Minuten kam der Arzt, ein älterer kleinerer
Engländer der schon seit über 30 Jahren in Kairo lebte und
eigentlich nur zu einem Urlaub in die Millionenstadt kam. Aber
dann begegnete er seiner späteren Frau und beschloss aus Liebe

zu seiner Amal, zum Islam überzutreten und sein Studium in Kairo zu beenden.

Zitternd legte Shirin ihre Handtasche auf den Boden und folgte mit unsicheren Schritten dem Arzt.
Zu Franziska gewandt meinte er: *In einer Stunde ist alles erledigt.*
Sie kann hier im Nebenraum in Ruhe noch ein wenig liegen bleiben und es wäre gut wenn sie die nächsten drei Tage nicht schwer körperlich arbeiten würde.

Sagen Sie Herr Doktor, ihre Familie wird doch aber nichts bemerken, wenn sie heute nach Hause kommt?

Nein, sie sollte sich ein wenig hinlegen aber das ist dann auch alles.

Die Zeit verstrich sehr langsam und Franziska rutschte nervös auf dem unbequemen Stuhl herum. Vicky blätterte lustlos in einer der herumliegenden Zeitschriften herum und zur Nervosität kam nun auch ein wenig Angst. Hoffentlich ging alles gut bei dem Eingriff.
Es wäre wunderbar, wenn Shirin wieder als Jungfrau ihrem Verlobten gegenübertreten könnte. Das arme Mädchen hatte doch genug gelitten, da konnte es doch nicht sein, dass sie doppelt bestraft wurde indem sich ihre Familie und der Verlobte sich von ihr abwenden würden.

Wir nehmen später eine Taxe und fahren die Kleine nach Hause und für morgen habe ich mir schon ausgedacht, dass ich an der Rezeption frage, ob sie mir die Kleine evtl. einen Tag ausleihen können, ich brauche eben eine Hilfe beim Einkaufen von Kleidung.
Mit einem guten Trinkgeld wird das sicherlich funktionieren. Wozu haben wir Omar hier, der regelt das bestimmt für uns.

Endlich öffnete der Arzt die Türe und die blasse aber strahlende Shirin kam auf Franziska zu. Shukran – mehr brachtet sie nicht heraus, dann flossen schon die Tränen der Erleichterung.

Der Arzt nickte Franziska zu und Vicky beeilte sich nach draußen zu gehen und eine Taxe anzuhalten.

Während der Fahrt kamen Shirin immer wieder die Tränen und der Taschentuchvorrat schrumpfte erstaunlich schnell zusammen.
Nach einer letzten Umarmung verließ sie schnell die Taxe und ging auf das Hochhaus zu, wo ihre kleine Schwester ihr aus der 7.ten Etage zuwinkte.
Der Weg von Gizah zurück zum Hotel dauerte eine kleine Ewigkeit und Mutter und Tochter hatten nun Zeit für ein längeres Gespräch über „Marianne".

Was glaubst Du wie es ihr inzwischen so geht ? flüsterte Vicky obwohl der Taxifahrer bestimmt kein deutsch und schon gar nicht irgendwelche Zusammenhänge erkannt hätte.

Ich denke, dass sie mittlerweile eine sehr gesunde natürliche Hautfarbe hat, ganz ohne Solarium. Und sie wird sich bestimmt in den Sitten und Gebräuchen der Beduinen gut auskennen. Ihr Parfum wird sie allerdings vermissen. Allerdings wird sie im Gebrauch von echtem Kajal perfekt sein. Auch hat sie sich sicherlich schon daran gewöhnt nicht mehr im Wasserbett, sondern auf Decken am harten Boden zu schlummern.

Ein fast böses Lächeln huschte dabei über Franziskas Gesicht.

Ich denke das war die beste Form der Rache, die man ihr wünschen konnte. Stell'Dir vor, die kommt eines Tages zurück, braungebrannt und als Mensch geläutert, hilfsbereit ohne jegliche Giftigkeit. Das wäre doch ein Erfolg auf der ganzen Linie.

Allerdings wäre es noch schöner sie käme gar nicht mehr zurück und würde sich bei der Familie dort integrieren, arabisch lernen und ein zufriedener Mensch werden.

Mama, Du glaubst noch an Wunder ? Vicky sah sie mit großen Augen an.

Leider nein, aber es wäre doch eine ungemein angenehme Vorstellung.

Aber jetzt bin ich nur noch darauf gespannt, wie es mit Deinem Super Gast weitergeht. Ich denke der hat noch gar nicht richtig verstanden, dass er kastriert wurde.
Wenn er das zu Hause beichten muss, möchte ich gerne Mäuschen sein.
Der kann doch nicht nach Hause kommen :

„ Hallo Schatz der Urlaub war toll, ich habe leider etwas mehr Geld ausgegeben als ich dachte. Ich habe nämlich die Operation eines netten Mädchens bezahlen müssen, das ich zuvor vergewaltigt habe. Aber diese Kosten hielten sich noch im Rahmen. Was aber wirklich teuer war, das war meine Kastration! „
Daher wurde Dein Geschenk auch etwas preiswerter als gedacht. Ich habe nur ein Silberarmband gekauft, für Gold hat meine Kreditkarte nicht mehr mitgespielt.

Weißt Du denn ob der Kinder hat ? hat er Omar was darüber berichtet?
Nein, ich habe keine Ahnung – aber eines ist sicher jetzt hat sich dieses Thema für ihn ja wohl erledigt.
Aber er kann froh sein, so günstig dabei weggekommen zu sein. Hier in Ägypten hätte ihn die Todesstrafe – oder aber mindestens lebenslänglich erwartet. Und lebenslänglich heißt hier wirklich lebenslänglich. Die Gefängnisse hier möchte ich keinesfalls als Insasse besuchen müssen. Sie halten dem Vergleich mit „unseren Gefängnis-Pensionen" nicht Stand.

Vicky war sehr nachdenklich geworden:
*Weißt Du, nach diesem Supergau hier, möchte ich nicht mehr
mit Touristen arbeiten. Ich denke ich werde mich für ein
Studium entscheiden. Ich dachte da an irgendwas mit Biologie.
Und wenn ich gut bin (das hoffe ich zumindest) kann ich später
dann überall in der Welt arbeiten .*

Die Beiden hatten gar nicht bemerkt, dass sich die Taxe schon in
Dokki befand.
Franziska begann in ihrer überfüllten Handtasche nach dem
Geld zu suchen. Erstaunt zahlte sie den Preis von umgerechnet
nicht mal 10,- € für diese fast einstündige Fahrt.

Sie hatten Glück und der Hotelmanager stand hinter dem Tresen
an der Rezeption und besprach mit seinen Mitarbeitern
scheinbar belanglose Dinge. Franziska nahm ihren ganzen Mut
zusammen und fiel mit einem Wortschwall über in her.
Nach einigen erstaunten Blicken einigte man sich darauf, dass
am nächsten Morgen, dass Zimmermädchen sie für einen Besuch
in einem Kosmetiksalon als Übersetzerin bzw. Beraterin
begleiten durfte. Sie reichte ihm 300 Pfund beim Verabschieden
in die Hand und verschwand mit einem dankbaren Lächeln im
Aufzug.

*Denk bitte daran, dass mir dieser Klaus noch 300 Pfund schuldet
!*

*So und nun schauen wir mal, oder besser ich schaue mal, was
mein Mann heute so unternommen hat.*

Der Kellner eilte mit einem bunten alkoholfreien Cocktail zu
Christines Tisch in der Nähe des Pools.
Diesen Drink hatte sie sich verdient. Um diese Uhrzeit wollte sie
noch nicht mit Alkohol beginnen, aber es gab ihr das Gefühl von

Urlaub mit diesem fruchtigen Getränk mit Schirmchen, den Nachmittag zu genießen.

Sie hatte ein geräumiges Zimmer mit Meerblick gebucht und der Balkon war groß genug um einen kleinen Tisch mit 2 Stühlen und noch eine Sonnenliege aufzustellen.
Dort werde ich heute Abend aber lange sitzen, und wenn ich mir eine Decke umhängen muss, weil es später doch sehr kühl werden kann.
Gedankenverloren nippte sie an ihrem Drink als sie aus dem Wasser eine ihr sehr wohl bekannte Stimme vernahm.
Nein - dieses Wochenende sollte ihr alleine gehören, dass konnte doch nicht wahr sein. Irmhild – diese eingebildete Schreibkraft aus der Visaabteilung, was wollte die denn unbedingt hier im gleichen Hotel ?
Und die Krönung ließ nicht auf sich warten, auch Heinz der Sachgebietsleiter, planschte vergnügt im Pool.

Dass da was lief, war ihr ja völlig unbekannt gewesen. Sonst funktionierte der Flurfunk doch bestens!
Aus dem Nippen wurden drei große Schlucke, und der Kellner erhielt sein Geld inklusive eines unerwartet und auch unbedacht großen Trinkgeldes im Laufen überreicht.
Christine eilte auf ihr Zimmer und zog sich für einen Spaziergang ein paar bequeme Schuhe und eine leichte beige Hose an, sie griff nach dem nächstbesten T-Shirt und verschwand sehr zornig und eilig aus dem Hotel.

Wenn ich schon mal ein paar Tage unbeschwert genießen möchte und dabei noch Flirtgedanken hege – na das kann ja nichts werden.

Vor dem Hotel ging sie frustriert ein wenig hin-und her , weil sie keine Idee hatte wohin sie denn nun gehen sollte.
Na dann mal am besten zum Strand. Die nächste vorbeikommende Taxe war ihr, und der Gedanke an einen Strandspaziergang war doch auch nicht zu verachten, tröstete sie sich selbst.

Die Schuhe in den Händen spazierte sie durch das noch
angenehm warme Wasser, immer bemüht die hochgekrempelte
Hose wieder an die vorgesehene Stelle gleich unterhalb der
Kniescheiben zu schieben.

*Hallo, Hallo Madame Maurer, wie schön Sie hier zu treffen. Ich
war mir gar nicht sicher zuerst, aber jetzt bin ich doch freudig
überrascht Sie hier zu treffen.* Das war doch dieser kleine, etwas
kräftig geratene Belgier, Franzose oder aus welcher Botschaft
kam denn der Kerl nur.

Christine zauberte ein höfliches Lächeln auf die Lippen.

*Oh welch eine Überraschung, Sie hier zu treffen, ist Ihre liebe
Gattin auch mit im Urlaub ? Bestellen Sie ihr doch bitte meine
allerbesten Grüße aber ich bin leider verabredet und muss mich
beeilen.*

Leicht entnervt stapfte sie eilig davon. Ja waren denn alle hier
verabredet, die sie sonst in Kairo nur an besonderen Anlässen
und Festlichkeiten treffen musste. Und das Schlimmste war sie
hatte keine Ahnung woher sie ihn kannte. Aber es muss aus
Botschaftskreisen gewesen sein.

In einem der zahlreichen Strandcafes machte sie einen
Zwischenstopp. Vielleicht sollte sie jetzt schon einen
alkoholischen Drink zu sich nehmen und dann den Rest des
Wochenendes mit einem Buch am Strand verbringen.

Während sie sich in eine Zeitschrift am Nachbarstand kaufte
wurde ihr Orangensaft an den Tisch gebracht und sie bemerkte
bei ihrer Rückkehr, dass sich das Cafe schnell gefüllt hatte.
Sie nahm unzufrieden Platz und trank langsam an ihrem Saft
um sich über die neuesten Frisuren und Kleider der ägyptischen
High-Society zu informieren.

Am Nebentisch war eine Familie mit zwei ungezogenen Kindern damit beschäftigt die Speisekarte rauf und runter zu bestellen und Christine freute sich mit jeder Minute mehr ausgerechnet dieses Cafe ausgewählt zu haben. Kurz entschlossen zahlte sie und beschloss ein wenig abseits des Touristenstromes ein Cafe zu suchen. Schlechtgelaunt verließ sie mit einer Leichenmiene das Cafe und schlenderte in den Stadtteil, den garantiert noch kein Tourist besucht hatte.

Einfache Plastiksessel standen mit winzigen wackeligen Tischen am Straßenrand. Meist ältere Männer saßen Shisha rauchend oder Domino spielend zusammen. Es gab keinen Gastraum, die Kellner eilten aus einem winzigen Kiosk herbei und brachten die kleinen Tabletts mit Tee oder Saft und die Shisha wurde von eigens aus einem anderen kleinen Kiosk herbeieilenden „Kellner" gebracht.

Hier fand sie einen etwas abseits stehenden kleinen Tisch, der genau Platz für eine Tasse Tee und ein Päckchen Zigaretten bot.

Entspannt vertiefte sie sich erneut in ihre Zeitschrift als mit einem leisen *Massa al hair* ein Schatten hinter sie trat.

Diese Stimme hatte einen verflixt angenehmen Klang, leicht errötend (und das in ihrem Alter) drehte sie sich um.

Da stand er, ohne Uniform in einer Jeans und einem dunkelblauen Polohemd und er sah noch immer sehr beeindruckend aus.

Mein Polizeichef - na wenn das kein toller Zufall war, dachte Christine, während ihr nur durch den Kopf ging: Wie sitzen meine Haare, sieht das auch wirklich vorteilhaft aus, was ich mir aus dem Koffer gefischt habe?

Haben Sie schon wieder eine vermisste Leiche zu bearbeiten?
Oder haben Sie einige Tage Urlaub?

Um ihre Gedanken erst mal zu sortieren, bat sie ihm einen Platz an ihrem Tisch an.

Ich habe ein paar Tage frei und wollte aus Kairo raus und noch ein wenig das schöne Wetter genießen. Am Strand war es zu voll

und da bin ich mit meinem Lesestoff lieber in eine ruhigere Gegend umgezogen.
Und wie geht es Ihnen ? Schon Feierabend ? Oder haben Sie auch einmal frei ?

Ja, endlich Feierabend. Ich hatte Frühdienst und vor dem Abendessen wollte ich noch einen Tee trinken, aber die Packung war leer und bevor ich einkaufen gehe, trinke ich lieber unterwegs einen servierten Tee.
Meine Frau arbeitet diese Woche im Nachtdienst und hatte auch keine Zeit an alle Einkäufe zu denken.

„Oh, na das war ja klar, der ist verheiratet."

Wo arbeitet Ihre Frau denn ?

Sie ist Krankenschwester hier im Krankenhaus, und wie immer und bestimmt auch überall, will keiner die Nachtdienste machen. Unsere Kinder sind schon groß, da muss man eben Rücksicht auf die jungen Kolleginnen nehmen. Denn nicht immer sind Großeltern oder die Familie hier in der Nähe, die im Notfall einspringen könnten.

„ Ja, der fällt also aus der Liste raus, und der Hoteldirektor war es ja wohl auch nicht, wenn man älter wird ist es eben nicht mehr so einfach einen passenden Partner zu finden. Die meisten sind dann schon besetzt.
Und die Herren der Schöpfung ,die noch frei auf dem Markt zu haben sind, sind entweder hässlich, dumm, irgendwie merkwürdig oder einfach nicht zu entdecken."

Das ist aber schade, aber alle medizinischen Berufe haben unbequeme Arbeitszeiten. Und Sie bei der Polizei kennen ja sicherlich auch Schichtdienste.

Sie betrachtete ihn verstohlen von der Seite:

„ Na ganz so toll sah er eigentlich auch nicht aus. Er hatte ein ganz ordentliches Doppelkinn und die Augen waren nur in ihrer Erinnerung so feurig gewesen. Statt seiner Frau zu Hause ein wenig zu helfen, ging der Kerl doch lieber Tee trinken. Nein so ein Prachtexemplar war er auf den zweiten Blick doch nicht.“

Sie beeilte sich mit dem kalt gewordenen Tee und zog es vor sich recht schnell zu verabschieden.

„ Was laufe ich eigentlich diesem Kerl hinterher, bin ich denn schon so unmöglich geworden? Jetzt gehe ich in mein Hotel werde mir den Tag und die restliche Zeit hier keinesfalls verderben lassen und werde Sonne tanken, die Kellner beschäftigen, mich mit einer Kosmetikbehandlung und Massage verwöhnen lassen.“

Mit einem lauten **Jallah** angefeuert stürmten die Kamele spontan los. Marinanne konnte sich kaum noch festhalten und unmittelbar vor dem ersten Zelt segelte sie mit einem eleganten Schwung zu Boden.
Es wurde erstaunlich schnell dunkel um sie und dieses Gefühl auf einer großen dunklen Wattewolke zu schweben breitete sich in ihrem ganzen Körper aus.

Nur langsam kam die Erinnerung wieder, sie versuchte sich ein wenig aufzurichten aber die Schmerzen schossen wie kleine spitze Pfeile durch ihre Beine und die Verlängerung ihres Rückens.

*Oh mein Gott, was ist denn jetzt alles zerstört in meinem Körper
? Reicht es denn nicht, dass ich die letzten Wochen in der Wüste
auf schmutzigem Boden schlafend mit schmutzigen Menschen
mich zufriedenstellen musste. Nein, nun kurz vor meiner
Rettung muss ich auch noch von diesem verstaubten,
aggressiven Vieh stürzen !*

Ihre Augen gewöhnten sich langsam an die Dunkelheit und es
beschlich sie dieses merkwürdige Gefühl diese Situation schon
einmal erlebt zu haben.

Ein dunkles staubiges Zelt, dicke grob gewebte Decken, dumpfe
drückende Hitze und abgestandene Luft. Allerdings waren hier
nur zwei Schlaflager nebeneinander aufgebaut.
*Ach was, zwei Schlaflager, das war ein großes etwas
komfortableres Bett für sie alleine. Na, endlich hatte man
erkannt, dass sie bevor sie wieder in die Zivilisation kam ein
etwas geräumigeres Umfeld brauchte.*

Der Eingang des Zeltes öffnete sich und dieser alte Daoud kam
hereingeschlurft.

Kayf a l-hal habibi ??
(Wie geht es Dir mein Schatz ?)

Ja meint der denn der alte Zausel ich verstehe ein Wort ?

Langsam und ein wenig ächzend beugte sich Daoud nach vorne
und nahm neben Marianne auf dem Deckenlager Platz. Zärtlich
streichelte er über ihre verfilzten und staubigen Haare und
murmelte leise vor sich hin. Marianne riss entsetzt die Augen
auf:

*Was will dieser Kerl nur von mir ? Ist der denn von allen guten
Geistern verlassen ?*

Liebevoll küsste Daoud seine ihm Angetraute zunächst auf den
Kopf, und arbeitete sich zu ihrem Hals vor.

121

Die Schmerzen des Sturzes waren plötzlich gar nicht mehr so stark zu spüren. Und so unangenehm waren seine Berührungen wirklich nicht. Wann hatte ein Mann das letzte Mal ihre Nähe gesucht?

Das musste schon viele Jahre zurückliegen. Ja vielleicht war sie ein wenig selbst Schuld daran. Aber sie hatte eben immer schon ein wenig anspruchsvoll gelebt. Und die meisten Männer waren doch sowieso untreue, undankbare Schweine.

Dieser alte Kerl war vielleicht ein wenig ungepflegt und die beiden fehlenden Schneidezähne waren nicht wirklich attraktiv, aber seine angenehme wohlklingende Stimme und seine beunruhigenden Hände weckten Erinnerungen in ihr.....

Seine Küsse waren nicht gerade das, was man sich unter romantisch oder leidenschaftlich vorstellte, das lag wahrscheinlich daran, dass er von Mundhygiene nicht so viel hielt.

Nie hätte sie sich vorgestellt, nach so vielen Jahren der Einsamkeit noch einmal eine solch leidenschaftliche Begegnung als Geschenk des Himmels zu erhalten.

Was war mir entgangen, musste ich wirklich erst fast 60 Jahre alt werden um diese Gefühle zu erleben?

Wenn ich noch ein paar Tage hierbleibe – müsste ich ihn dazu bringen sich einmal richtig zu waschen und dann ...

Daoud hatte sich erhoben zog seine Galabya wieder an und warf ihr einen liebevollen Blick zu.

Dann bedeutete er ihr mit der Hand ihm zu folgen.

Hastig schlüpfte auch Marianne in ihre Kleidung und richtete sich mit einigen fahrigen Bewegungen die Frisur.

Jetzt bringt er mich sicherlich zu einem bereitstehenden Jeep und dann geht es endlich wieder nach Hause.

Sie versuchte so schnell es ging hinter ihm her durch das kleine Camp zu eilen. Aber weit und breit war kein Fahrzeug zu sehen.

Ja dann kommt das Fahrzeug sicher erst am späten Abend oder erst morgen früh. Vielleicht muss ich auch noch mal für eine

kurze Strecke auf dieses blöde Vieh klettern, um wieder in die
Zivilisation zu kommen.

Nein, es war kein Auto in der Nähe aber dafür standen alle
Familienmitglieder in einer kleinen Gruppe beieinander und
begrüßten das neue Familienmitglied.

Daoud´s dritte Frau .

Zwei ältere Frauen kamen mit nicht gerade freundlicher Miene
auf sie zu und umarmten sie zögerlich. Daoud wechselte laute
und schnelle Worte mit Ihnen und genauso laut und
unfreundlich waren auch die Antworten der beiden.

Wer waren denn diese beiden goldbehängten Frauen bloß, das
die sich so wichtig nahmen ? Die ältere von beiden nahm
Marianne an die Hand und führte sie zu ihrem Zelt zurück, hier
wühlte sie in einer schweren hölzernen Truhe herum und fand
endlich ein paar Tücher.
Auf ihren Ruf hin betrat auch die zweite das Zelt und begann
Marianne entsprechend ihres neuen Standes mit einem
schwarzen Schleier und einem kleinen Gesichtsschutz
herzurichten.

Ach eigentlich sind die ja ganz nett, da schenken die mir doch
zum Abschied noch ihre traditionelle Kleidung. Dieser
Gesichtsschleier war unbequem und ließ kaum Platz für die
Augen. Etwas unwillig aber doch bereit sich nicht zu verweigern
trug sie die neue Tracht und trat lächelnd (obwohl dies ja
niemand mehr sehen konnte) aus dem Zelt.
Die beiden nahmen sie in ihre Mitte und führten sie zu dem
Kochplatz der ihr schon aus dem Camp ihrer früheren Gastgeber
bekannt war.
Mit vielen Gesten und nicht gerade freundlich klingenden
Worten wurde sie aufgefordert beim Zubereiten der Speisen
mitzuhelfen.

Natürlich waren die beiden Frauen nicht begeistert, dass Daoud plötzlich hier mit einer dritten Frau auftauchte. Sie war nicht jung und auch nicht hübsch, das war ein Pluspunkt. Aber sie konnte kein Wort arabisch und ob sie wirklich helfen konnte, das war noch nicht sicher. Daoud würde jetzt seine Nächte mit drei Frauen teilen, daran würden sie sich gewöhnen müssen. Er war zwar ein guter Liebhaber aber wenn er noch ein paar Zähne mehr hätte wäre es doch netter, bemerkte die jüngere der beiden Ehefrauen..

Marianne saß unterdessen auf dem Boden und rührte mit entnervter Miene und einem mitunter leisen stöhnen im großen Topf gefüllt mit FOUL herum.
Der Rücken schmerzte doch noch ein wenig vom Sturz und sie überlegte krampfhaft wie lange sie noch hier würde ausharren müssen, bis endlich die Heimfahrt beginnen würde.

Wenn ich erst wieder in Frankfurt bin werde ich nur duschen und auf dem Sofa liegen. Diese Zeit hier möchte ich so schnell es geht vergessen und mich nur noch darauf konzentrieren alle zu verklagen. Diese unfähigen Leute aus dem Hotel, die von der Deutschen Botschaft (denn die hätten mich doch finden müssen) meine ganzen bescheuerten Kollegen.

Aber wenn sie die Augen schloss fühlte sie die starken Hände auf ihrem Körper. Dieser Daoud hatte schon wirklich etwas ungemein Männliches.
Würde sie in Frankfurt noch einmal einen Mann finden der so einfühlsam auf sie eingegangen war ?
Und dass obwohl sie beide keinerlei Worte miteinander wechseln konnten. Zumindest keine Worte die sie gegenseitig verstehen konnten.

War es wirklich so toll weiterhin alleine in ihrer Dreizimmer-Wohnung im Gallusviertel zu leben?

Aber einen Mann wie Daoud konnte man nicht einfach mitnehmen in ihre Welt, und außerdem was würden denn die

Nachbarn, Kollegen und „ die Leute „ sagen wenn sie mit einem
Ausländer ankäme ?
Die Zähne konnte man ihm ja machen lassen, und eine schicke
Hose, ein paar Hemden mussten auch noch möglich sein.
Konnte man ihn denn zu Hause lassen und vor allen verstecken ?

Marianne. es ist eindeutig zu heiß hier in der Sonne !
Sie stand mühselig auf und holte sich einen der gestapelten
Becher und füllte sich ein wenig abgestandenes Wasser aus dem
aufgehängten Ledersack hinein.

Ein lautes Schreien und Schimpfen lenkte sie von ihren
Gedanken ab. Die jüngere der beiden Frauen trat zu ihr und
zerrte sie zu dem Kochtopf.

Oh nein, jetzt war doch diese Bohnenpampe angebrannt !

*Na die waren vielleicht sauer. Ich bin hier Gast und werde ja
sicherlich nicht lange hier bleiben, was machen die denn für
einen Aufstand. Da sollen sie halt neue Bohnen aufsetzen.!*

Nicht nur, dass die beiden Frauen zeterten und meckerten, nein
nun kamen von allen Seiten Frauen und Kinder herbeigeeilt und
bestaunten ihr Missgeschick.
Die Rettungsversuche scheiterten kläglich und Daoud, seine
nunmehr drei Frauen und vier jüngere Kinder mussten mit
versteinerten Mienen das verbrannte Essen zu sich nehmen.

Marianne verzog sich nach dem Spülen recht schnell in ihr Zelt
und Daoud zwinkerte ihr lächelnd zu.

*Und ich dachte immer, diese Araber oder Wüstenvölker wären so
moralisch und anständig, na ja in den Büchern steht auch nicht
immer nur die Wahrheit. Von wegen erst in der Ehe..., dieser
Daoud war ja wohl ein lebendes Beispiel dafür, dass man es mit
der Moral auch nicht immer so ernst nahm.*

Daoud hatte noch ein klärendes Gespräch mit seinen anderen Frauen und dann begab er sich zu seiner neuesten Errungenschaft „ Marianne"

Dieses Mal hatten sie die ganze Nacht füreinander.
Und Marianne musste sich eingestehen, dass sie auch in ihrer missglückten Ehe niemals den Wunsch verspürt hatte, diese Nacht möge nie enden.

Viel zu früh kam der Morgen und sie wurde unsanft aus ihren Träumen gerissen, denn die erste Frau von Daoud stand vor ihrem Lager und erklärte ihr mit Händen und unfreundlichem arabischen Gestammel mitzukommen.

Und es gab eine Überraschung ein kleines vielleicht fünfjähriges Mädchen führte sie etwas abseits der Zelte zu einem Platz der ihr ein Dejavu-Erlebnis bereitete – Ziegen , ganz viele Ziegen standen hier meckernd zusammen. Sie hängte Marianne einen vergilbten Stoffbeutel an den Arm und hüpfte vergnügt zurück zu den anderen Kindern.
Ein kurzer Blick in den Beutel zeigte ihr:

Datteln, Brot und eine Flasche mit Wasser

Nein, nein, nein, das konnte doch nicht wahr sein, die wollten doch nicht ernsthaft, dass sie hier weiterhin Ziegen hüten sollte.

Weit und breit war kein Auto zu sehen.

Die Tränen schossen ihr in die Augen und leichte Hysterie überkam sie.
*Das kann doch nicht mein Schicksal sein. Bis ans Ende aller Tage Ziegen zu hüten. Am Tag Ziegen hüten und nachts ......
Daoud.*

Aber realistisch betrachtet war die nächtliche Variante des Alltags hier vielleicht gar nicht so unangenehm !

Klaus hatte den ganzen Tag im Zimmer verbracht und Schmerzmittel zusammen mit einer nicht geringen Menge Alkohol konsumiert. Als Omar ihm einen Krankenbesuch abstattete lag er jammernd und verheult in seinem Bett.

Ich habe mit überlegt, dass Sie vielleicht gerne morgen nach der Nachuntersuchung nach Hause fliegen möchten.
Was halten Sie von dem Vorschlag? Ich habe bei Egypt Air schon mal nachgefragt – ein Platz wäre noch frei für Sie.

Ich denke, die restlichen Tage werden Sie garantiert nicht mehr recht genießen können. Wenn Sie also zustimmen, rufe ich gleich bei Egypt Air an und bestätige den Rückflug.

Wann wäre denn der Flug morgen?

Es geht eine Sondermaschine aufgrund der Ferienzeit um 13.oo Uhr morgen. Wir würden dann hier sehr früh starten, so gegen 7.oo Uhr. Zunächst fahren wir dann beim Arzt vorbei und danach gleich zum Flughafen. Ich gebe Ihnen dann auch Ihren Pass zurück.

Gut, dann packen Sie aber heute Abend noch meine Sachen, denn ich fühle mich nicht danach. Die Anderen aus der Gruppe möchte ich nicht mehr sehen. Sie können ja sagen, dass ich mich gesundheitlich nicht so toll fühle.
Hierbei brach er in ein hysterisches Lachen aus, dass kurz darauf in ein klägliches Schluchzen überging.

Was sage ich denn nur meiner Frau? Sie wollte noch Kinder.

Ja Sie haben natürlich die Möglichkeit Ihrer Frau die Wahrheit zu sagen, notfalls kann ich das gerne für Sie erledigen !

Oder aber Sie lassen sich etwas einfallen, dass glaubwürdig ist und Ihre Frau nicht zu sehr verletzt.
Denn ich kann mir nicht vorstellen, dass sie beglückt sein wird zu erfahren, dass ihr Mann ein mieser Vergewaltiger ist.
Ich wünsche Ihnen noch eine gute Nacht und denken Sie daran, wenn Sie betrunken sind, kann Ihnen der Arzt keine Schmerzmittel bei der Untersuchung geben und die Fluggesellschaft nimmt Sie nicht mit.

Ich lasse Sie gegen o5.3o Uhr wecken – Gute Nacht.

Omar regelte an der Rezeption den Weckdienst für den nächsten Morgen und gesellte sich dann zu Franziska und Vicky ins Restaurant.

Ich habe es geschafft meine Damen, morgen früh gehe ich mit unserem Patienten zum Arzt und begleite ihn danach zum Flughafen. Erst dort bei der Passkontrolle werde ich ihm seinen Pass aushändigen.
Und Du Vicky, Du kannst dann in Ruhe die restlichen Tage mit Deiner Gruppe hier verbringen.

Wir werden morgen Abend mit dem Nachtzug zurückfahren und werden die Tage bis zu Deiner Ankunft mit „ chillen" - so sagt Ihr doch Ihr jungen Leute – verbringen.

Vicky nickte dankbar und konnte jetzt mit großem Appetit ihr Shish-Kebab genießen.

Shoukran Omar, jetzt bin ich nur noch froh, wenn der Kerl wieder abgereist ist.
Ihr habt Euch Euren Urlaub auch sicher anders vorgestellt.

Nein Vicky, seit ich Deine Mutter kenne, weiß ich erst wie „langweilig" mein Leben früher war, bemerkte er mit einem scheinheiligen Lächeln.
Als Kripomann und Ehemann mit unternehmungslustiger Familie rechne ich jeden Tag mit neuen Ereignissen.

Hast Du heute Abend schon etwas mit Deiner Gruppe geplant sonst schlage ich vor, dass wir auf einem der Schiffsrestaurants einen schönen Abend verbringen?

Ein einstimmiges „JAAAAA wir gehen aus" hörte er von Mutter und Tochter. Kurz darauf eilten die beiden auf die Zimmer um die Abendgarderobe zu begutachten.

Christine kam nach dem enttäuschenden Ausflug in ihrem Hotel an und eilte durch die Halle zu den Aufzügen. Konnte es denn sein, dass diese Aufzüge auch einmal zügig nach unten kamen? Nervös trat sie von einem Fuß auf den anderen.
Hinter ihr bildete sich schon eine kleine Gruppe von Wartenden .
Ein Vater mit seinen beiden Töchtern redete beruhigend auf die Beiden ein.
Die Kleinen waren vielleicht 5 und 8 Jahre alt und sahen schon müde und noch leicht versandet aus.
Der Vater trug die Badetücher, das Sandspielzeug und die Schwimmflügel in seinen Händen und sah etwas entnervt aus.

Ja Du wirst es noch einen Moment aushalten müssen, wir sind doch gleich auf dem Zimmer versuchte er die Kleinere in arabisch zu beruhigen. Die fing aber an zu weinen.
Christine begriff, die Kleine musste unbedingt zur Toilette:
Ich kann Ihrer Tochter hier in der Halle die Toilette zeigen, erklärte Sie in ihrem noch immer sehr deutsch ausgesprochenen Arabisch.

Oh Danke, dass wäre sehr nett, wir warten dann hier auf Sie,
strahlte er Christine an.

Christine ergriff die Hand der Kleinen und eilte mit ihr durch die
Halle zu den Damentoiletten.

Bei ihrer Rückkehr war die Schlange vor den Aufzügen noch ein
wenig gewachsen und sie beschloss in der Lobby einen Tee zu
trinken, bis die Aufzugfrage geklärt war.

*Ich danke Ihnen für Ihre Hilfe, Dina hätte es nicht mehr bis oben
geschafft befürchte ich. Übrigens darf ich mich vorstellen:
Mahmoud el Tantawi.*
*Und das sind meine Töchter : Dina kennen Sie ja schon und
Amal ist meine Große.*
*Wir verbringen das Wochenende hier – und ich muss zugeben –
ohne unser Kindermädchen bin ich hoffnungslos überfordert,*
bemerkte er mit einem
verlegenen Grinsen.

*Kein Problem, ich habe gerne ausgeholfen. Sie haben aber auch
wirklich hübsche Töchter.*

Mahmoud verbeugte sich leicht und zog seine beiden Töchter
hinter sich her. Dina drehte sich noch einmal um und rief ihr zu:
Gehst Du morgen mit uns zum Strand, mit Papa alleine ist es
nicht schön dort ?

Christine musste sich ein Lachen verbeißen, *ich weiß noch nicht
genau, aber wenn ich am Strand bin schaue ich nach Euch. Gute
Nacht.*

*Wow, welch ein gut aussehender Mann, aber der war ja bereits
vergeben. Schade – auch die Kinder waren nett – wenigstens auf
den ersten Blick, bei Kindern wusste man ja nie, aber sie waren
richtig hübsch mit ihren langen braunen Haaren und den langen*

schwarzen Wimpern. Da bin ich doch mal gespannt, ob die Mutter der beiden Kleinen auch so hübsch ist – oder ob sie überhaupt nicht mitgefahren ist.

Auf jeden Fall werde ich mich morgen mal am Strand blicken lassen – dann wird auch meine Neugierde gestillt werden.

Wenn ich hier überstehen will muss ich wirklich noch anfangen Arabisch zu lernen !!
Marianne wälzte sich auf ihrem Lager unruhig von einer auf die andere Seite. *Gut jetzt bin ich hier gelandet, kein Mensch kann mir sagen, wann ich wieder in die Zivilisation zurückkomme. Aber wenn ich schon hier viel lernen muss, dann sollen die aber auch etwas von mir annehmen.*
Ich muss nur etwas finden, was ich denen zeigen kann und womit ich hier eine bessere Stellung erhalte.
Kurz vor dem Wegsinken ins Traumland kam ihr die Idee. *Denen werde ich Morgen einen Kuchen backen.*
Mehl war in einem großen Sack noch reichlich

vorhanden, Milch war kein Problem, schließlich bin ich ja bald die Herrin aller Ziegen. Jetzt brauchte man nur noch Fett, aber da hatten die doch auch so merkwürdiges wie Butterschmalz aussehendes Fettzeugs. Eier war schon ein schwierigeres Unterfangen.
Beseelt von diesem Gedanken schlief Marianne zum ersten Mal seit Wochen zufrieden ein.
Energisch wie sie auch zu Hause allen bekannt war, stürmte sie zu den anderen Ehefrauen und begann mit entschlossenem Gesichtsausdruck auf die beiden einzureden.
Verblüfft über solch energisches Auftreten ließen die Beiden Marianne agieren. Und improvisieren konnte sie plötzlich. Wo sie in Frankfurt immer einen Riesenaufstand geprobt hätte, hier

war sie auf einmal bereit ohne jammern und meckern aktiv zu werden.
Das Mehl hatte sie in ein metallenes Serviertablett mit einem hohen Rand geschüttet, *keine Ahnung warum die hier den Tee auf einem Tablett servierten, das mehr einer Tortenbackform glich.* Mit Händen und Füßen erklärend drückte sie der Jüngeren der Ehefrauen einen Krug in die Hand und bedeutete ihr Ziegenmilch zu besorgen.
Nach und nach hatte sie die Zutaten bestehend aus Mehl, Zucker, dem Fett und der Milch und den Datteln vermischt und dann kam der große Schock:

Scheibenkleister die haben ja keinen Backofen. Die bringen mich um, wen die erkennen, dass ich die Lebensmittel einfach vergeudet habe. Die Datteln kann ich ja vielleicht noch abwaschen aber der Teig ??

Zu Mariannes Erstaunen, kam die resolute Erstfrau von Daoud nun zum Einsatz. Mit einem überlegenen Lächeln nahm sie Marianne die "Backform" aus der Hand und trug sie zum Backplatz. Das war ein etwas von den Zelten entfernt liegender großer abgerundeter Stein auf dem die Brote immer gebacken wurden.

Sie wickelte ein „nicht ganz klinisch reines Tuch" um die Backform und vergrub sie im heißen Sand.
Nach einer gefühlten Ewigkeit – das waren vielleicht zwei Stunden – grub sie den Kuchen aus.
Unsicher und zweifelnd begann Marianne mit einem großen Messer ein kleines Stück herauszuschneiden. Nach langem Pusten wagte sie vorsichtig ein kleines Stückchen in ihren Mund zu schieben. Zu ihrer eigenen Überraschung schmeckte der Kuchen nicht mal schlecht !!
Strahlend schnitt sie zwei weitere Stücke für ihre Mitfrauen heraus. Mit spitzen Fingern griffen diese langsam nach dem dampfenden Gebäck. Schnell bissen sie erneut zu und lächelten Marianne zu.

Ein stolzes Grinsen verkündete den anderen:
Ich kann nicht nur dumme Ziegen hüten – ich bin auch eine erfahrene deutsche Hausfrau, die auch unter erschwerten Bedingungen Torten und Gebäck herstellen kann.

Franziska drehte sich noch einmal auf ihre Lieblingsschlafseite als Omar leise das Zimmer verlassen hatte.
Na hoffentlich geht alles in Ordnung am Flughafen! Ich bin erst wieder ruhig, wenn dieser Mistkerl in der Maschine sitzt.
Mit einem unangenehmen Läuten wurde sie aber doch schon in die Wirklichkeit des neuen Morgens befördert.

Hi Mama, habe ich Dich geweckt, ist Omar schon unterwegs ?

Oh mein Gott wie viele Fragen auf einmal. Ja, Omar ist vor einigen Minuten gegangen, ich denke er ruft sicherlich vom Flughafen aus noch einmal an, wenn er den Kerl abgegeben hat. Hast Du wenigstens schlafen können ?

Wir waren die halbe Nacht noch wach, erstens weil es ein wunderschöner Abend auf dem Schiff war und dann –na ja den Grund kennst Du ja, er sitzt gerade in einer Taxe zum Flughafen.

Vickys Stimme war erstaunlich munter um diese Uhrzeit:
Willst Du noch schlafen oder soll ich mit einem Paket Keksen und ner Flasche Mirinda zu Dir kommen?

Kekse nein, Mirinda ja – ich kann in keinem verkrümelten Bett liegen. Na gut dann klopfe dreimal und ich eile ungeschminkt und taufrisch an die Tür.

Der Traum vom Ausschlafen war ausgeträumt.
Aber ich habe noch Schokolade im Kühlschrank- und Schokolade und Mirinda sind doch ein vollwertiges Frühstück.

Nachdem sie nun schon wach war, konnte sie auch gleich noch mal bei ihrem Mann nachfragen ob alles planmäßig lief.

Sabah al hair ya Omar (Guten Morgen) wo seid Ihr denn schon?

Um ehrlich zu sein mein Schatz, wir sind genau am Ende der Lotfi-Hassouna-Straße – ca 100 m vom Hotel entfernt - aber Du wolltest sicherlich nur wissen ob bis jetzt alles termingerecht verläuft. Ich melde mich später vom Flughafen noch einmal wenn ich wieder solo bin. Schlaf doch noch ein wenig, Du willst doch sicherlich noch später einiges besorgen bis wir heute Abend wieder im Zug sitzen.
Und beruhige Vicky wenn sie wach ist, sie kann den anderen ja erklären, dass sich Klaus Koch aus gesundheitlichen Gründen zum spontanen Rückflug
entschlossen hat.
Bis später dann....

Sie hatte das Handy noch in der Hand als es auch schon klopfte.
Na Du bist aber schnell – und auch noch im Schlafanzug beruhigender Weise.

Mit einer rasendschnellen Bewegung fegte Vicky die Bettdecke ein wenig zur Seite und lag auch schon auf Omars Bettseite.

Erstaunlich schnell waren beide eingeschlafen und erstaunlich schnell waren auch beide wieder wach. Vicky´s Handywecker hatte einen nervenden Klingelton: einem gackernden Hühnerhof nahekommend.

Franziska erhob sich zuerst und steuerte noch halbschlafend die Dusche an. Vicky hingegen zog noch einmal die Decke über den Kopf und jammerte leise vor sich hin:

Oh, wie unangenehm wird das denn, wenn ich meiner Gruppe sagen muss, Hallo meine Herren, einer aus

unserer Mitte ist heute früh abgereist, weil er von den Folgen seiner Kastration noch etwas gesundheitlich eingeschränkt ist. Aber sonst wir es sicherlich noch eine schöne Zeit hier in Kairo.....

Ach nun jammer mal nicht rum, Du kannst ja einige Teile seiner körperlichen Befindlichkeiten weglassen.
sag Ihnen einfach er hatte persönliche Gründe..
Das triffts doch auch irgendwie, war Franziskas Stimme aus dem Bad zu hören, es klang etwas undeutlich denn die Zahnbürste behinderte noch ein wenig die Aussprache.

Mit einem Klagelaut krabbelte Vicky aus dem Bett und rief ihrer Mutter von der Türe her noch zu:

Ich geh dann mal duschen, wir sehen uns in ner halben Stunde unten beim Frühstück..

Die verschlafene Reisegruppe saß schon bei der zweiten Tasse Kaffee als Vicky sich endlich aufraffte:

Zunächst mal einen guten Morgen meine Herren, ihr Tagesprogramm besteht heute in einem Ausflug nach Alexandria – wo Sie schon gegen 11:30 Uhr auf einem Boot der Küstenwache eine kleine Tour durch den Hafen und die nähere Küste vor Alexandria unternehmen werden.
Ich hoffe Sie sind alle seetauglich und können den Tag auf dem Wasser genießen.
Ihr Bus wartet bereits vor dem Hotel und ich werde Sie heute Abend zu einem Barbecue in die Wüste entführen.
Leider muss ich bei dieser Gelegenheit noch kurz verkünden, dass einer unserer Teilnehmer aus

*gesundheitlichen Gründen heute früh den Rückflug angetreten
hat. Da Herr Koch aber kein Polizeiangehöriger ist, wird sich bei
ihrem Programm nichts ändern.
Ich denke er hatte einfach ein paar Probleme mit dem Klima.*

*So nun wünsche ich Ihnen einen unterhaltsamen Tag, vergessen
Sie nicht die Sonnencreme einzupacken und viel Spaß...*

Unter Gemurmel verließen die Herren den Frühstücksraum und
strebten dem bereits wartenden Bus zu.

Vicky begab sich zur Rezeption um die Einzelheiten für den
Abend zu besprechen, denn die Küche würde die Lunchpakete
bzw. die Barbecue - Zutaten zusammenstellen und einen jungen
Koch abstellen.
Sie hatte einen Abend in der nahen Wüste auf dem Weg
Richtung Alexandria für den Abend geplant.

Nach Omars Rückkehr wollten sie noch einen halben
Erholungstag im Garten gegenüber der Oper mit viel Obst, Käse,
Fladenbrot, Oliven und Sonne verbringen.

Franziska war in der Zwischenzeit schon einkaufen gegangen
und verstaute alles in ihrem Zimmer im Kühlschrank.
Bis Omars Rückkehr konnte sie vielleicht noch die Boulos-
Hanna-Straße entlang eilen um im kleinen Schreibwarenladen
neben der griechischen Bank die Kalender für das
näherkommende neue Jahr zu besorgen. Omar liebt die kleinen
Abreißkalender auf denen ein kurzer Koranspruch für jeden Tag
abgedruckt war.

Und Franziska liebte die DIN A 5 Kalenderbücher mit allen
wichtigen Telefonnummern von den Botschaften und
Kankenhäusern in Kairo angefangen, bis zu den
Telefonvorwahlen aus aller Welt.
Es war schon wichtig in Frankfurt im Büro zu sitzen und die
täglichen Notizen in einem Kalender zu notieren, der einem

genau anzeigte wie viele Kilometer es von Alexandria bis Suez
waren.

Sie hatte auch noch ein paar Schreibblöcke und Stifte mit
Radiergummi und ein SUDOKU-Heft gekauft, damit die Fahrt
nach Assuan nicht so langweilig würde. Die Schreibblöcke waren
zwar nicht dringend erforderlich – aber sie waren schön, bunt
und preiswert.

Als sie beladen mit dem Überlebenspaket für die Reise im Hotel
eintraf, saß Omar schon mit einer Tasse Tee in der Halle und
erwartete seine Frau:
*Na, haben wir noch Geld für die Rückreise, oder hast Du alles in
Schreibwaren investiert ?*

*Du glaubst es kaum, ich habe Dir sogar ein SUDOKU-Heft
mitgebracht, obwohl Du es wahrscheinlich gar nicht verdient
hast.* Lachend kam ihm Franziska entgegen.
Hast du ihn gut in die Maschine bekommen ?

*Ja, er war recht kleinlaut. Ich habe ihm erst an der
Passkontrolle seinen Ausweis wieder in die Hand gedrückt und
noch als kleinen Hinweis mit auf den Weg gegeben, dass es
besser ist, wenn er seine Urlaube künftig nicht mehr in Ägypten
verbringen würde.
Aber ich denke, der kommt schon freiwillig nicht mehr her.*

*Na dann werde ich mal nach oben gehen, meine Einkäufe in den
Koffer werfen und dann unsere Picknick – Naschereien holen.*

*Wenn Vicky auch so weit ist, können wir in gut 20 Minuten
starten.
Laufen wir oder nehmen wir uns ne Taxe ?*

Omar kannte seine Frau zu gut um den Fußweg vorzuschlagen.

Ich denke heute nehmen wir mal ausnahmsweise eine Taxe !

Omar ging mit den Koffern voraus und Franziska hatte die Tüten mit der Verpflegung, den Zeitschriften und einen Becher mit Schokoladeneis in den Händen als ihr die tonnenschwere Reisetasche einer vor ihr laufenden Touristin auf die Füsse fiel.
Mitten auf der Reisetasche landete das Schokoladeneis und Franziska stand laut fluchend auf dem Bahnsteig.
Erschrocken drehte sich die nun Gepäcklose herum und dann fielen sich die beiden schon um den Hals.

Karin, wo kommst Du denn her ? Wo ist Dein Mann und was transportierst Du alles in dieser Tasche?
Lachend und den „zerquetschten" Fuß in die Luft haltend strahlte Franziska über das ganze Gesicht.

Bernd ist schon weiter vorne, hoffentlich am richtigen Wagen, wir wollen nach Luxor fahren und unseren Hochzeitstag mit einer nochmaligen Nilkreuzfahrt feiern.
Aber das ist ja ein toller Zufall Dich hier zu treffen, wo ist denn Vicky und was macht Deine frische Liebe ?

Vicky ist auch in Kairo hat aber hier beruflich noch zu tun und Omar (ja meine damals frische Liebe) ist auch schon weiter vorne auf der Suche nach unserem Abteil. Wir fahren bis Assuan – wir haben eine Ferienwohnung bzw. einen Altersruhesitz für uns gekauft.
Wie lange bleibt ihr denn? Wenn ihr nach Assuan kommt, müsst ihr den Tag mit uns verbringen.
Leider habt ihr Omar ja damals nicht kennengelernt, wenigstens nicht persönlich.
Aber das holen wir jetzt nach. Übrigens das mit dem Eis tut mir leid, besonders weil ich kein Tempo dabei habe.

Komm Franziska, dann schaun wir mal nach unseren Männern und dann können wir ja wenn wir uns im Abteil eingerichtet haben auf die gegenseitige Suche machen.

Omar hatte das Abteil schon gefunden und Franziska ließ sich erleichtert auf die Polster fallen.

Stell Dir vor, ich habe eine Urlaubsbekanntschaft hier auf dem Bahnhof getroffen. Wir haben damals zusammen die Nilkreuzfahrt gemacht - die für mich leider etwas unsanft endete – aber wenn man an das private Ende der Reise denkt, dann war dieser Urlaub doch wunderschön !

Ja, das Ende war wunderschön, aber mein Schreck als ich Dich im Krankenhaus mit diesem Kopfverband sah, war weniger schön.
Komm, dann schaun wir mal ob wir Deine Freunde finden.

Karin und Bernd hatten ihr Schlafabteil am Ende des Wagens und waren noch damit beschäftigt die Reisetasche notdürftig zu reinigen.

Dürfen wir Euch stören ?, fragte Franziska ungewohnt kleinlaut.
Endlich kann ich Euch Omar vorstellen, ich habe ihm schon viel von Euch erzählt. Besonders, dass ich Dir viel zu verdanken habe Karin. Der restlichen Reisgruppe wäre damals gar nicht aufgefallen, dass ich im Tal der Könige verschwunden war.

Aber jetzt erzählt mal, wie lange bleibt Ihr denn? Macht Ihr nur die Kreuzfahrt, oder habt Ihr hinterher noch ein paar Tage ?

Wir machen die Kreuzfahrt- und dieses Mal auf der „KARIM", wir haben nicht vergessen, dass dies das Schwesterschiff der Sudan aus dem „Tod auf dem Nil „ ist. Nur hat sie den Vorteil – sie ist wesentlich preiswerter !!

Und anschließend haben wir 3 Tage in Assuan und 3 Tage in Luxor gebucht. Wir kommen Euch gerne besuchen. In Assuan haben wirs uns echt was kosten lassen : wir steigen im Old Cataract ab. Wow – ich bin schon ganz gespannt.
In Luxor gehen wir in ein normales Hotel das Old Winterpalace wär dann doch zu viel des Guten gewesen.

Omar lächelte anerkennend, *dann kommen wir zum Tee so gegen 5.00 Uhr auf die Terrasse des Old Cataract und genießen den Sonnenuntergang.*

In diesem Moment kam der Schaffner vorbei und fragte ob sie noch eine Kleinigkeit zum Nachtessen wünschten, und Franziska und Omar verzogen sich schnell in ihr Abteil.

Die Nacht brach schnell herein und Franziska fielen langsam die Augen zu. Das eintönige Geratter verfehlte seine einschläfernde Wirkung auch auf Omar nicht und noch lange vor Minya (oder Minieh) war Stille im Abteil eingekehrt.

Christine saß inmitten eines burgähnlichen Bauwerkes mit Amal und war so stolz wie seit Kindertagen nicht mehr.
Dina und ihr Vater brachten Wasser in kleinen Sandeimern und gaben dem Bauwerk mit der Feuchtigkeit die nötige Stabilität.

Sogar in der Badehose machte er keine schlechte Figur.
Christine bemühte sich um eine halbwegs gerade Haltung und zog bei seinem Eintreffen jedes Mal den Bauch ein wenig ein.

Er war sehr charmant aber man konnte einfach nicht erkennen,
ob er nur allgemein charmant war oder ob er „persönlich" zu ihr
charmant war.

Egal wie auch immer, ich genieße die Zeit. Und mein Gott so ein
Strandtag mit Kindern konnte ja richtig unterhaltsam sein !
Wie auch immer, mit dieser Familie würde ich gerne auch in
Kairo noch Kontakt halten.
Einmal in ein paar Wochen die Rolle der verwöhnenden Tante
ausleben, das könnte doch ein wenig Bereicherung in das Single-
Leben bringen!

Auf jeden Fall muss ich der großen meine Adresse geben. Mal ein
Eis essen gehen oder Mc-Donalds besuchen war doch für Kinder
immer willkommen.

Sie genoss zusehends diesen „ Familientag am Strand" und war
erstaunt wie schnell mit Kindern die Zeit verflog.

Als es langsam kühler wurde schlug Mahmoud vor später
gemeinsam zum Abendessen zu gehen.
Christine musste nicht lange überlegen und war schon in
Gedanken in ihrem Kleiderschrank.
Nur nicht zu schick aber auch nur nicht zu bieder !
Das würde nicht einfach werden, aber sie hatte ja noch ein wenig
Zeit.

Nach einer ausgiebigen Dusche und einem sorgfältig
aufgetragenen dezenten Make-up wählte sie ein beerenfarbenes
Tunika-Kleid und halbhohe schwarze Sandaletten.
Noch ein letzter Blick in den Spiegel und ein paar Spritzer ihres
Lieblingsparfums von „Anna-Sui" und mit einem leicht erhöhten
Puls verließ sie das Zimmer.

Karin klopfte mehrmals an die Abteiltür.
Seid Ihr schon wach? Wir wollten uns nur verabschieden.

Omar öffnete noch verschlafen die Tür und hielt Karin seine Karte hin.

Ich dachte mir ich lasse Franziska noch etwas schlafen, aber es wäre schön wenn ihr Euch meldet, sobald Ihr Euch Assuan nähert. Und falls Ihr Probleme oder Fragen habt ruft einfach an, vielleicht kann ich Euch ja helfen.

Und beim Souvenir kaufen im Bazar von Assuan gehe ich gerne mit um den Preis etwas positiver zu gestalten.

Karin bedankte sich mit einem Lächeln: *Grüß mir Franziska und auch von Bernd liebe Grüße wir freuen uns schon auf Assuan. Bis in ein paar Tagen. Und nun schlaf noch ein wenig Ihr habt ja noch ein paar Stunden Fahrzeit.*

Omar kletterte wieder in sein Bett zurück bemüht leise zu sein, aber Franziska schlief tief und fest und hatte von dem morgendlichen Besuch nichts mitbekommen.

Omars Gedanken kreisten um Klaus Koch und seine Rückkehr nach Frankfurt. *Zu gerne würde ich doch wissen, was dieser Mistkerl seiner Frau erzählt, und was er bei seinem nächsten Arztbesuch für eine Erklärung hat .*

Mit diesen Gedanken schlief er durch das Geratter des Zuges aber schnell wieder ein.

Die Maschine landete etwas unsanft im winterlichen Frankfurt. Klaus hatte es nicht eilig seine Habseligkeiten zusammenzusuchen. Alle Passagiere strömten hektisch dem Ausgang zu – Klaus hingegen schlenderte als letzter Passagier aus der Maschine und auch die wenigen Schritte bis zum Flughafengebäude versuchte er möglichst langsam hinter sich zu bringen.

Zum Einen hatte er noch leichte Schmerzen trotz Tabletten und zum Anderen hatte er Angst vor der Begegnung mit seiner Frau.

Die Schlange vor der Passkontrolle machte ihn eher glücklich denn nervös und er war auch der letzte Passagier der Egypt-Air Maschine, der seinen Koffer mühselig vom Gepäckband zerrte.
Er hätte sogar eine nervige Zollkontrolle gerne als Vorwand genommen, um den Zeitpunkt des Wiedersehens hinauszuzögern.

Aber das Schicksal ist doch manchmal gerecht, ohne Probleme schritt er durch die Tür in die Freiheit zu den wartenden Angehörigen.

Am Ende einer kleineren Menschenansammlung sah er sie. Bärbel strahlte über das ganze Gesicht.

Hallo mein Schatz, schön dass Du schon früher gekommen bist, die Zeit ohne Dich war doch viel zu lange.
Müde umarmte er seine Frau. Genau in diesem Moment wusste er was er in Kairo falsch gemacht hatte.

Ich war ein riesengroßes Arschloch !

Ich habe eine wunderschön aussehende Frau, die mich liebt. Ich habe einen guten Job, wir wollten irgendwann demnächst Kinder haben. Ich liebe meine Frau doch eigentlich . Warum nur musste mir diese kleine orientalische Verführung begegnen ?
Warum hatte ich mich denn nicht unter Kontrolle ?
Verfluchte Scheiße, mein ganzes Leben ist doch gelaufen.

Er wischte sich verstohlen eine Träne mit dem Mantelärmel aus dem Gesicht und zog seine Frau zum Ausgang.

Schatz ich bin früher gekommen weil ich einen Unfall hatte, es geht mir schon wieder besser und ich erzähle Dir zu Hause alles genau. Jetzt möchte ich nur noch nach Hause und auf dem Sofa ein wenig Ruhe finden.
Glaub mir, ich bin unendlich froh wieder zu Hause zu sein.

Bärbel suchte in ihrer Jackentasche nach dem Parkschein und nach einem Fußweg durch das Untergeschoß des Flughafens waren sie an den Kassenautomaten des Parkhauses angekommen.
Besorgt schaute sie zu ihrem nicht erholt aussehenden Mann, beschloss aber wirklich erst zu Hause nach dem „ Unfall" zu fragen.
Es könnte natürlich sein, dass er wieder ein wenig dramatisierte. Es kam schon vor, dass eine kleine Erkältung ihn für 2 Wochen auf das Krankenlager niederwarf und sie morgens vor der Arbeit noch ein komplettes Essen für ihn kochte und bereit stellte.
Mehrmalige Anrufe unter Tag sicherten sein Überleben dann, damit sie abends endlich mit der eigentlichen Krankenpflege beginnen konnte.

Mit einem Wort : Klaus ist kein Held – er ist mehr ein Weichei. Aber sie liebte ihn nun einmal mit all seinen Macken.

In der Wohnung angekommen legte er sich auch gleich dramatisch leidend auf das Sofa und ließ sich mit einer Kuscheldecke einpacken.

Hier trink erst mal einen Kaffee – Essen gab´s doch sicherlich in der Maschine.
Mit einer oft eingeübten Bewegung stellte sie das Tablett auf dem Couchtisch ab und nahm selbst auf dem dunkelbraunen Ledersessel im gegenüber Platz.

So und jetzt möchte ich gerne wissen was für einen Unfall du hattest. Was ist denn passiert ?

Klaus wurde es plötzlich sehr warm unter seiner Decke.

Ach es war schrecklich, dieser Verkehr in Kairo.

Schon am zweiten Abend mussten wir alleine über Straßen rennen, die durch keinerlei Ampel gesichert sind, und so ein scheiß Taxifahrer streifte mich, ich fiel zu Boden und ein weiteres Auto fuhr mich an,

Der Taxifahrer war natürlich ratz-fatz weg und bis ich dann endlich in ein Krankenhaus kam, verging mehr als eine Stunde. Diese unfähigen Ärzte und der Schmutz in den Krankenhäusern – Du kannst es Dir gar nicht vorstellen. Auf jeden Fall hatte ich einige Quetschungen im Unterleib. Die haben ja keine Ahnung diese sogenannten Ärzte dort.

Bärbel sah mit aufgerissenen Augen ihren Mann an:

Du willst mir doch nicht sagen, dass Du dort im Krankenhaus warst und mir nicht Bescheid gegeben hast. Wenn Dir jetzt was Ernsthaftes passiert wäre, hätte ich dann am Flughafen nur noch Deinen Sarg abholen können, und niemand hätte mich vorher in formiert ??

Ihre Stimme überschlug sich fast und sie verfiel in eine leichte Schnappatmung.

Klaus wurde es mittlerweile immer wärmer unter seiner Decke und trotzdem streifte er sie nicht ab, sondern umklammerte sie panisch.

Hör mir doch erst mal zu – und im übrigen wollte ich Dich nicht beunruhigen.
Also jetzt weiter:
Schatz ich kann Dir gar nicht sagen was dann passiert ist.
Tränen der Erinnerung (allerdings an seinen kleinen Eingriff) übermannten ihn.
Die Verletzungen waren so schwer oder sind so schwer, wir – wir werden keine Kinder mehr bekommen können.

Bärbel saß ihm gegenüber und wurde langsam blaß.

Oh mein Gott was mache ich denn jetzt nur. Ich kann ihm doch jetzt nicht sagen: Ach Schatz übrigens ich habe Dich mit Deinem Freund betrogen und jetzt bin ich schwanger.
Nein das war heute kein guter Zeitpunkt.
Aber warum sollte er es denn überhaupt merken,

Sie entschloss sich zunächst mal weiter zuzuhören.

Ja und was genau wurde denn verletzt – ist das unwiederbringlich ?

Klaus trank einen großen Schluck aus seiner Lieblingstasse und begann leicht stotternd

Ich hatte schwere Quetschungen an den Oberschenkeln und die haben erst überlegt ob die Beine amputiert werden müssten. Aber dann war die Durchblutung doch noch da und sie haben „nur" die – na ja – wie soll ich's sagen – sie haben mich quasi „ kastriert".

Wie – „ kastriert „ da kann man doch sicherlich noch was machen – Du meinst doch sicher „ sterilisiert" ?

Klaus war inzwischen sehr blass geworden und schüttelte verzweifelt den Kopf.

Nein Schatz, es ist so wie Du verstanden hast, ich kann kaum noch klar denken. Ich habe die ganze Zeit nach dem Unfall darüber nachgedacht, wie unser Leben weitergehen soll, und ich weiß es ist ein großes Opfer für Dich auf Kinder zu verzichten.

Bärbel starrte auf die gegenüberliegende Wand und flüsterte immer und immer wieder :

*Verzichte ich nur auf Kinder – oder verzichte ich auch auf die
netten Begleitumstände der Herstellung ?*
Ich glaube das kann ich nicht, ich glaube das kann ich nicht !

Klaus begann mit einem Mal zu begreifen, dass seine Frau
eventuell auf die Idee kommen könnte sich von ihm zu trennen.
Unsicher schaute er sie an und fragte leise:

*Heißt das, dass Du Dich jetzt von mir trennen willst. Haben wir
uns nicht mal geschworen : In guten wie in schlechten Zeiten ?*

*Es tut mir leid, aber dazu kann ich heute Abend bestimmt keine
Entscheidung treffen. Das muss ich erst mal verarbeiten.*
*Brauchst Du noch etwas, sonst würde ich jetzt gerne ins Bett
gehen, ich muss morgen früh aufstehen.*

Klaus war nun alleine in seinem Wohnzimmer und mit jeder
Minute wurde ihm mehr klar, wie sehr sein Leben nach diesem „
Vergnügen" sich verändern würde.
Er musste in wenigen Tagen wieder arbeiten gehen und alles
sollte wie gewohnt weitergehen. Außer dass sich ein Teil seines
Lebens nun grundlegend geändert hatte.

Omar war gerade dabei den Kühlschrank mit Getränken
aufzufüllen, als das Telefon ihn aus seinen Tagträumen weckte:

Franziska war gerade in Assuan beim Einkaufen und wollte sich
nur vergewissern, dass auch wirklich nichts mehr fehlte. Karin
und Bernd hatten sich für den Nachmittag zum Kaffee
angekündigt. Da Franziska beweisen wollte, welch gute
Hausfrau sie manchmal sein konnte, war sie schon den
vergangenen Abend nur mit planen und Einkaufsliste schreiben
beschäftigt gewesen.

*Nein mein Schatz, es fehlt uns nichts mehr, außer Du willst noch
den Kühlschrank von Ouarda mitbelegen.*
*Ich werde in einer guten Stunde losfahren und die beiden vom
Schiff abholen. Dann zeige ich ihnen noch ein wenig die Gegend
und Du hast genug Zeit hier den Rest vorzubereiten.*
*Der Tisch ist draußen schon gedeckt – das heißt Du kannst ganz
entspannt das Abendessen vorbereiten.*

Bernd und Karin waren die ersten richtigen Gäste, die sie in
Ihrer neuen Wohnung begrüßen und bewirten konnten.
Die Nachbarn und ein paar Freunde von Omar, die beim
Einräumen geholfen hatten , zählten hierbei nicht.
Franziska war ganz aufgeregt und die Einkäufe reichten für
mindestens 10 Personen.

Karin stürmte als erste in die Wohnung und begrüßte Franziska
mit einer liebevollen Umarmung.
Wie lange haben wir uns jetzt nicht gesehen ?
Außer vielen Mails und ein paar Postkarten haben wir

ja seid unserer Kreuzfahrt nicht viel voneinander gehört.
*Es war ein schöner Urlaub für uns – wenn auch für Dich das
Ende sehr unschön war.*

Hast Du mal was von Anne gehört, es würde mich doch interessieren ob sich ihr Gesundheitszustand gebessert hat. Wie konnte ihr das auch nur passieren – von Skorpionen gebissen zu werden .
Aber mal ehrlich, welcher normale Mensch nimmt denn solche Tiere als Souvenir mit nach Hause und transportiert sie auch noch in einer alten Pappschachtel ? Und dieser dubiose Typ mit dem sie oft zusammen war – alles sehr komisch.
Aber Du siehst wir wollten unseren Hochzeitstag trotz der Vorkommnisse damals unbedingt wieder in Oberägypten verbringen.

Kommt doch erst mal rein, ich schlage vor wir trinken erst mal einen Kaffee und dann machen wir die Wohnungsbesichtigung.

Franziska schob Karin durch das Wohnzimmer auf die Terrasse, wo Omar und Bernd schon unter dem großen Sonnenschirm Platz genommen hatten.

Wie geht es denn Vicky fragte Bernd um das Gespräch ein wenig in die Gegenwart zu bringen.

Oh, sie ist derzeit noch mit ihrer Reisegruppe in Kairo, aber sie kommt in den nächsten Tagen zur Erholung noch ein wenig zu uns.
Eine Horde von Männern alleine in einer Großstadt ist doch auf Dauer etwas anstrengend, fügte Omar lächelnd hinzu.

Marianne hatte sich schon in den letzten Tagen bemüht einige Wörter aufzuschnappen und wurde von Daoud für jedes richtig ausgesprochene Wort mit einem zahnlosen Lächeln belohnt.

Wenn er nur ein ordentliches Gebiss hätte, wäre er gar nicht so unattraktiv.

Noch immer war sie für die Ziegen zuständig, der Unterschied zu ihrem letzten Hütedienst bestand nur darin, dass sie nun einige Galabyas besaß und eine ansehnliche Auswahl an Schleiern. Auch ein Armreif und ein paar Ohrringe hatten dank Daoud zur Unterstreichung ihrer Schönheit den Weg zu ihr gefunden.

Sie lebte gleichberechtigt unter seinen Familienmitgliedern, musste Daoud nachts aber leider mit den beiden älteren Frauen teilen.
Noch immer konnte sie nicht verstehen, dass die beiden das so akzeptierten, wenn er seine Nächte auch mit ihr verbrachte.

Sie waren beim Zubereiten des Frühstücks immer ganz nett zu ihr und erklärten ihr viele Begriffe in arabisch aber Marianne lernte nur langsam.
In den letzten Tagen hatte sie es sich angewöhnt morgens auch alle mit : *sabah al hair* zu begrüßen, aber die antworteten immer sehr unverständlich und es klang alles sehr fremd.

Eintönig wie der Tag begann waren auch die Stunden des Vormittags wenn sie mit diesen staubigen Ziegen ein wenig die Gegend durchstreifte mit der Hoffnung auf ein wenig Grünfutter.

An diesem etwas kühlen Morgen beschloss sie die tägliche Tour ein wenig auszuweiten.
Das Lager war nur unweit einer Gruppe von höheren kahlen Hügeln – na ja man konnte schon Berge sagen-zumindest wenn man von unten schaute.
Wenn sie es wirklich schaffen könnte einen dieser Hügel zu erklettern oder besser zu erwandern, dann müsste doch ein Blick in die Ferne möglich sein.
Sie wollte sich orientieren in dieser gottverlassenen Gegend. Vielleicht war es gar nicht so weit bis zur nächsten Stadt oder zum Meer. Es gab doch auch auf dieser Halbinsel sicherlich gewöhnliche Ansiedlungen. Das konnte doch nicht alles hier leere einsame Wüste sein.

Die hatten doch mal Ölfelder diese Ägypter- wo waren die denn
nur ?

Die Ziegen knabberten lustlos an vertrockneten Gräsern und
Büschen während Marianne in den „ungeeignetsten" Schuhen
langsam mit ihrer Bergbesteigung begann.
Es war doch ein wenig anstrengender als gedacht aber sie kam
beharrlich voran.
Nach einem Viertel des Weges nahm sie einen großen Schluck
des abgestandenen Wassers. Die Sonne brannte nun doch
unerbittlich und mit jedem Schritt bereute sie diesen Aufstieg.
Elegant wie bei einer Wattwanderung hielt sie mit der rechten
Hand die Galabya etwa in Wadenhöhe um nicht über die kleinen
Steine oder vertrocknete Wurzeln zu stolpern.

*Wenn mich jetzt jemand aus dem Büro sehen würde, die würden
doch in hämisches Gelächter ausbrechen.* Und noch immer
beschäftigte sie die Frage :
*Bekomme ich denn nach meiner Rückkehr auch mein Gehalt für
die vergangenen Wochen nachbezahlt ?*

Während sie versuchte einen Weg nach oben zu finden, wagte
sie einen schnellen Blick nach unten zu den Ziegen und genau
dabei passierte es, sie stürzte. Einige der kleinen losen Steine
rutschten den Abhang hinab und mit ihnen Marianne.

Es gab keine Möglichkeit irgendwo Halt zu finden und viel
schneller als der Aufstieg war sie nun mit dem Abstieg
beschäftigt. An den scharfen Kanten der Steine riss sie sich die
Haut auf, die Galabya hing nur noch in Fetzen an ihr als sie
nach fast 100 m mit einem dumpfen Geräusch an der Ecke eines
Felsvorsprungs liegen blieb.
Das dumpfe Geräusch kam aus ihrem Kopf, ein starker
brennender Schmerz verhinderte dass sie sich aufrichtete.
Unter ihrem Gesicht bildete sich ein kleiner See mit warmem
Blut vermischt mit Hirnmasse das schnell in der Sonne trocknete
und sie wie Klebstoff noch mehr an den Felsen fixierte.

Sie konnte kaum nachdenken vor Schmerzen und versuchte die
Beine etwas zu bewegen. Aber das rechte Bein auf dem sie lag
war unterhalb der Kniescheibe merkwürdig verdreht.

*Hier wird mich doch garantiert so schnell keiner finden, aber die
Schadensersatzklage wird immer höher ausfallen !*
Das war der letzte Gedanke bevor sie in eine erlösende
Ohnmacht fiel.

Hosny wischte sich mit einem Papiertaschentuch über die Stirn
und ärgerte sich, dass wie immer kleine Papierkrümel auf der
Haut klebten. Er liebte die Stille des Sinai und wann immer er
einige Tage frei hatte fuhr er mit seinem besten Freund Ahmed
in die Natur um nach seltenen Arzneipflanzen Ausschau zu
halten.

Hosny verkaufte als Apotheker in Port Said zwar die gängigen
Medikamente, sein Interesse galt aber den fast vergessenen
Heilmitteln seiner pharaonischen Vorfahren.
Ahmed hatte gegenüber Hosnys Apotheke ein kleines
Straßencafe und war seit Schulzeiten schon der beste Freund
Hosnys.

So standen sie auch an diesem Freitag auf dem Gipfel dieses
kahlen Berges und genossen den Blick über die unendlich weite
Landschaft.
Es war schon zur Tradition geworden, dass sie zuerst ein wenig
ihre bergsteigerischen Fähigkeiten erprobten und die Aussicht

nach einem kleinen Imbiss fotografierten. Das Pflanzensammeln kam immer in der Nachmittagssonne auf dem Rückweg.

Beim Abstieg fiel Ahmed ein dunkler Fleck bei einem größeren Felsvorsprung in noch größerer Entfernung auf.

Hosny, schau mal dort unten – erkennst Du den dunklen Fleck – da liegt doch etwas , das kann doch kein Tier sein oder ??

Hosny schob seine Sonnenbrille nach oben und schaute angestrengt den Abhang hinunter.

Auch er hielt es zunächst für ein altes oder verendetes Tier. Erst beim Näherkommen erkannten beide schockiert, dass dort eine alte Frau merkwürdig verkrümmt lag.
Hosny berührte die alte Beduinenfrau mit größter Zurückhaltung.

Ihr Körper war noch warm, aber er konnte beim besten Willen keinen Puls mehr fühlen.

Wir können sie doch nicht hier liegenlassen, aber ich habe auch nicht die Kraft dieses „ Federgewicht" den Berg hinabzutragen, flüsterte Hosny obwohl ihn die Frau bestimmt nicht mehr hören konnte.

Unweit der Leiche nahmen sie im Schatten des bewussten Felsens Platz und überlegten wie sie weiter vorgehen sollten.

Hier muss ein Beduinenstamm in der Nähe sein, vielleicht sollten wir zunächst zum Wagen gehen und dann die Gegend abfahren ob wir nicht auf ihre Familie treffen. Ahmed erhob sich mit diesen Worten und zog Hosny mit einem kleinen Seufzer auf die Beine.

Komm es hat keinen Zweck hier zu warten, bald wird es dunkel und vielleicht kommen Tiere.

Der Abstieg verlief recht still und die übliche Suche nach seltenen Pflanzen blieb an diesem Mittag auch unwichtig. Am Wagen angekommen nahmen beide erst einmal einen großen Schluck Tee aus der Thermoskanne und fuhren dann unsicher nach Süden.

Trotz längerer Fahrt konnten sie keine Zelte oder Kamele in der Ferne erkennen.

Das hat doch alles keinen Zweck Ahmed, ich suche jetzt eine etwas erhöht liegende Stelle und probiere ob ich mit dem Mobile (Handy) eine Verbindung nach Hause bekomme. Die sollen die Polizei verständigen und wir fahren jetzt langsam nach Hause.

Wenn wir unterwegs auf eine Polizeistation oder Militärstation treffen können wir ja Bescheid geben.

Wart mal Hosny, ganz in der Nähe hier, vielleicht 5 oder 6 Kilometer entfernt in südlicher Richtung ist doch so ein Touristenressort. Da fahren wir vorbei, erstens kennen die sich hier aus und wissen wo hier ein paar Beduinenstämme lagern und zweitens können die auch die Polizei verständigen.

Nach einer knappen Stunde erreichten sie das Touristenressort. Die Fahrt hatte ein wenig länger gedauert, da die Straße nicht ausgebaut war und sie auch etwas Mühe hatten den Weg zu finden.

Hätte Marianne gewusst, dass sie der Freiheit so nahe war.

Daouds Familie machte sich langsam Sorgen um die Ziegen. Die Sonne war schon vor einer Weile untergegangen und von der „neuen Ehefrau" und den Tieren war noch keine Spur zu entdecken.

Daoud und zwei seiner Söhne machten sich auf die Suche und entdeckten die teilweise schon schlafenden Ziegen unweit eines Hügels. Doch von ihrer Hüterin war nichts zu sehen.
Daoud rief einige Male sehr laut nach ihr, doch nach dem auf sein vom Echo immer wiederkehrendes :

Habibi min almanya !, Habibi min almanya !
(Mein Schatz aus Deutschland)

keine Antwort kam, war ihm klar: Sie ist geflüchtet.

Es war keine schöne Frau – und sie war schon alt und man konnte mit ihr nicht reden – aber die Nächte waren nicht unangenehm,
murmelte er leise vor sich hin, dann rief er seinen Söhnen zu, dass sie jetzt schnellstens die Ziegen im Dunklen nach Hause treiben müssten. Die Gefahr ein Tier zu verlieren war einfach zu groß.

Ob sie den Weg zu dem Touristenressort alleine finden würde war ihm unklar, aber vielleicht war es auch besser so – sie war schon alt und in einigen Jahren wäre sie nur eine Belastung für die Familie geworden.
Seine beiden Ehefrauen waren sicherlich nicht böse über diesen – Verlust - .

Müde und langsam traten sie den Heimweg an.

Vicky lag im Garten und genoss die warmen Sonnenstrahlen im
Dezember. Noch drei Tage und dann musste sie wieder im kalten
Frankfurt durch den Schneematsch der Innenstadt wandern.
Neidisch blickte sie zu ihrer Mutter die in absehbarer Zeit wann
immer sie wollte den Luxus der Freizeit und der Sonne genießen
konnte.
Franziska saß mit Karin auf der Terrasse und besprach bei
einem Glas Karkade mit Eis den Ausflug für den nächsten
Morgen.
Omar hatte sich den Wagen seines Nachbarn geliehen und sie
wollten nach Abu Simbel fahren.
Es war noch sehr warm für Dezember, daher wollten sie schon
früh losfahren um den Tag möglichst lange zu genießen. Auf dem
Weg waren ein paar kleine nubische Dörfer und Omar hatte
Bernd versprochen dort halt zu machen. Bei einem sehr entfernt
verwandten Cousin musste Bernd unbedingt den selbst
gemachten Käse probieren. Leider durfte man Käse nicht als
Souvenir mitbringen, da sind die Zollbehörden sehr streng. *Aber
für die nächsten Tage hier und auch auf dem Schiff, könnt ihr
sicher etwas mitnehmen,* versprach Franziska.

Sie selbst hatte schon ein - zweimal etwas Käse mitgebracht,
aber jedes Mal etwas Panik vor einer Kontrolle am Flughafen
gehabt.

*Hast Du Lust morgen früh mit uns zu kommen, oder willst Du
lieber faul in der Sonne liegen ?*

Vicky schaute ihre Mutter unentschlossen an:

Wie früh geht's denn los ??

*Wir wollten so gegen 07:00 Uhr losfahren, aber Du kannst im
Wagen ja noch ein wenig schlafen.*

Tatsächlich war es dann aber fast 08:00 Uhr bis alle im Wagen
Platz genommen hatten und die Tour begann.

Omar fuhr zunächst nach Abu Simbel und wollte erst auf dem
Rückweg in einem der nubischen Dörfer seine Familie besuchen.

Der Verkehr war noch angenehm und sie erreichten Abu Simbel
um die Mittagszeit.
Bernd und Omar machten es sich in einem Cafe bequem. Sie
testeten die besten Shisha-Tabaksorten.

Die wissbegierigen Frauen standen staunend und fotografierend
vor dem beeindruckenden Bauwerk und konnten gar nicht
genug schauen.
Franziska fiel ein, dass sie im Flugzeug einmal eine ältere Dame
aus Deutschland kennengelernt hatte, deren verstorbener
Ehemann als junger Architekturstudent 2 Jahre bei den
Arbeiten zur Rettung des Tempels mitgearbeitet hatte.
Leider hatte er es sein Leben lang nicht mehr geschafft noch
einmal zurückzukehren.
Aber sie wollte schon in fortgeschrittenem Alter einmal diese
Tempelanlage besichtigen.
Vicky hörte sich diese Geschichte zum wiederholten Mal an,
wollte aber ihrer Mutter die Freude nicht verderben auch Karin
daran teilhaben zu lassen.

Beim Verlassen des Tempels meinte Franziska eine Bekannte
aus Frankfurt erkannt zu haben. Aber wenn man ohne Brille
durch die Gegend läuft, kann man sich nie so sicher sein.

In der Nähe des Busparkplatzes neben einem Souvenirlädchen
sah sie die Bekannte wieder, vorsichtshalber sprach sie Vicky an
doch auch mal zu schauen.

Und siehe da, die Augen waren gar nicht so schlecht:
Es war tatsächlich eine Bekannte aus der Nachbarschaft.

*Vicky – wie heißt die den nur ? Du kennst doch die Namen
immer wesentlich besser als ich.*

Das ist doch die Frau ....?, ihr Mann ist doch vor ein paar Monaten ganz plötzlich gestorben. Der war noch keine 50 Jahre alt – wie heißt die denn bloss?

Auch Vicky hatte keine Ahnung.

Vielleicht spürte die Unbekannt – Bekannte das man über sie sprach, denn plötzlich drehte sie sich um und erkannte Franziska und Vicky.

Nein was für ein Zufall, wie klein doch die Welt ist. Hätte ich gewusst, dass Sie auch hier in Ägypten sind, hätte ich bestimmt vor meiner Abreise noch einige Fragen an Sie gehabt.
Sie können doch arabisch oder ?, mit hilfesuchendem Blick deutete sie zu dem Souvenirstand.

Ich würde gerne etwas kaufen, habe aber das Gefühl, dass ich zuviel bezahlen muss.

Ein wenig genervt aber doch noch freundlich bot sich Franziska an beim Einkauf zu helfen.
Na wenn die wüsste, das Omar bei uns immer derjenige ist, der die Preise herunterhandeln kann!

Frau ?? hatte sich für einen Schal, einen kleinen Tempel aus hellem Stein und eine schwarze Bastet-Katze entschieden. Doch bevor Franziska mit einem höflichen Fragen nach dem Preis beginnen konnte, hatte Vicky schon die Verkaufsgespräche

übernommen   und   einen   angenehmen   Preisnachlass ausgehandelt ! Vicky stand direkt hinter Frau Pfeiffer (ja Vicky war der Name eingefallen) und schaute interessiert zu wie diese vorsichtig ihre Handtasche öffnete um nach der Geldbörse zu suchen.

Was hatte die denn so wertvolles in der Tasche , dachte Vicky noch als sie etwas fleischfarbenes erkennen konnte.

Eine Hand ! – wer hat denn eine Kunststoffhand bei sich?

Mit einem Nicken versuchte sie Franziska auf diesen merkwürdigen Tascheninhalt aufmerksam zu machen.

Mutter und Tochter versuchten nun Frau Pfeiffer in ein Gespräch zu verwickeln und dabei einen Blick in die Tasche zu werfen. Aber mit einem entschlossenen Ruck am Reißverschluss war die große braune Ledertasche verschlossen.

Ein netter unverbindlicher Wortwechsel folgte noch und dann eilte die nun nicht mehr namenlose Nachbarin zu ihrem Bus.

Franziska nutzte die Gelegenheit und musste auch noch ein paar Kleinigkeiten einkaufen. Beladen mit einer großen Plastiktüte eilten die Drei nun zum Cafe.
Karin bestand auf einem großen Stück Basbousa zu ihrem Kaffee. Die Wartezeit verkürzte Vicky dann mit einem Bericht über den merkwürdigen Handtascheninhalt. Die Männer schienen nicht daran interessiert, aber Karin und Franziska entwickelten die interessantesten Ideen warum man mit einer Kunststoffhand in Urlaub fährt.

Omar hörte nun doch den phantasievollen Vermutungen zu und entschied, dass es wahrscheinlich Einweghandschuhe waren.

Eure Frau Pfeiffer hat bestimmt einen Waschzwang !

Nein so sieht die nicht aus – wir kennen sie aus Frankfurt !! war eintönig von Mutter und Tochter zu hören.

Vielleicht ist die Gute ein wenig seltsam, es gibt ja auch Leute die kaufen sich ne Plastikhand und lassen die Finger hinten aus dem Kofferraum ihres Wagens heraushängen, stellte Bernd . fest.

Unter den verrücktesten Vermutungen gingen sie zu ihrem Wagen zurück und öffneten zunächst mal alle Fenster.

Die Fahrt zum Dorf verging recht schnell, denn Bernd schaute sich unterwegs schon die Fotos an, die seine Frau beim Tempel aufgenommen hatte.
Die Straße wurde etwas holprig und nach wenigen Kilometern waren sie beim Haus der Verwandten angekommen.
Der Plan war nur den Käse einpacken, einen schnellen Tee trinken und dann wieder zurück nach Assuan zu fahren. Aber dank der Gastfreundschaft von ägyptischen Familien wurde ein üppiges Abendessen mit vielen Vorspeisen daraus.

Es war schon spät als sie wieder in Assuan eintrafen.
Omar hatte Bernd und Karin wieder zurück gebracht und parkte müde vor der Einfahrt zu ihrem Haus.

Sie waren müde und beeilten sich nur noch schnell zu duschen und ins Bett zu fallen.
Vicky hingegen war nach der erfrischenden Dusche noch fit und zappte sich durch alle möglichen Fernsehprogramme.

Franziska war schon fast in der Traumwelt angekommen, als Omar sie noch einmal wachrüttelte:

Franziska versprich mir bitte:
wenn wir wieder in Frankfurt sind wirst Du nicht dieser Frau Pfeiffer nachspionieren.
Egal was immer auch in Ihrer Handtasche war, es interessiert uns nicht !

Schaun wir mal, war Franziskas schlaftrunkene Antwort. Und dann drehte sie sich auf die Seite und war schon wieder auf dem Weg zu schönen Träumen.....

.

Ein großes Dankeschön an alle, die mir bei meiner Arbeit an diesem Buch geholfen haben. Besonders meiner Lieblingsnachbarin Beatrice möchte ich hiermit von ganzem Herzen danken !!!

Herstellung und Verlag:
Books on Demand GmbH, Norderstedt
ISBN 978-3-8448-0213-9